周月亮文集

《水浒》智局

周月亮 著

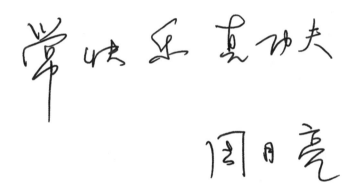

中国科学技术出版社

·北 京·

图书在版编目（CIP）数据

《水浒》智局 / 周月亮著. -- 北京 : 中国科学技术出版社, 2024.1

（周月亮文集）

ISBN 978-7-5236-0414-4

Ⅰ. ①水… Ⅱ. ①周… Ⅲ. ①《水浒》研究 Ⅳ. ①I207.412

中国国家版本馆CIP数据核字（2024）第003923号

总 策 划	秦德继
策划编辑	周少敏 胡 怡
责任编辑	胡 怡 赵 耀
封面设计	余 微
正文设计	王 丹
责任校对	吕传新 焦 宁 邓雪梅 张晓莉
责任印制	马宇晨

出　　版	中国科学技术出版社
发　　行	中国科学技术出版社有限公司发行部
地　　址	北京市海淀区中关村南大街16号
邮　　编	100081
发行电话	010-62173865
传　　真	010-62173081
网　　址	http://www.cspbooks.com.cn

开　　本	880mm×1230mm　1/32
字　　数	1936千字
印　　张	86.25
版　　次	2024年1月第1版
印　　次	2024年1月第1次印刷
印　　刷	北京世纪恒宇印刷有限公司
书　　号	ISBN 978-7-5236-0414-4/I·83
定　　价	498.00元（全11册）

周月亮

河北涞源人，中国传媒大学学术委员会委员，阳明书院院长、教授、博士生导师。

另有心学、智术系列著作分别汇刊。

自序：误解与希望

世代如落叶。代代人大多乱七八糟地活、稀里糊涂地死，少数坚持明白地活、尊严地死。反思其中的滋味，留下悲欣交集的辞章，后人的解读不过拾几片落叶。后之视今如今之视昔，这条精神链扭结着误解与希望。误解如秋风中的落叶，希望如落叶中的秋风；误解如烦恼，希望如菩提；误解如无明，希望如净土。谁能转烦恼成菩提？谁的误解即希望？恐怕差不多的人的希望却是误解吧。尽管如此，留下的落叶，好生看取也有雪泥鸿爪。

《孔学儒术》中，儒术的精要可用"中而因通"来简括："中"是"执两用中"的"中"，儒家的中庸与释家的中观目的不同，道理相通。"而"是"奇而正、虚而实"的"而"，其哲学要义在"一与不一"，是对付悖论的最好的智慧，不"而"则不能"中"。"因导果"是世间出世间的总账，"因"字诀最普适的妙用是引进落空。不通不是道，通道必简。化而通之概括了"因"的意义，通则久。

《〈水浒〉智局》透析了《水浒传》中智慧、权力、暴力的关系：函三为一、一分为三，合则为局、析则为戾。水浒人此处放火、彼处杀人之朴刀杆棒生意串成江湖版的《孙子兵法》。宋江能够统豺虎是"阴制阳"，梁山好汉被朝廷赚了也是"阴制阳"。阴为何物？直教一百零八好汉生死相许！

《性命之学》以性命作为重估文人价值的标准和依据。穿透了虚文世界曲折的遮蔽，才能探讨人自身的性命下落。性命之学由心性谱写。近世让人心酸眼亮的"心性"有王阳明、李卓吾、唐伯虎、曹雪芹、龚自珍、鲁迅等，他们是塔尖。他们提得住心，所以他们的心性剧有声有色。

《〈儒林外史〉士文化研究》提取了《儒林外史》展示出的贤人困境、奇人歧路、名士风流、八股士的愚痴等士子型范；在封建时代，士文化的根被教育败坏了。用教育来反教育，是古代中国士文化传统的一部分。

《儒林外史》中每一张脸都是一座碉堡，文学人物是现实人格的象征，《〈儒林外史〉人物品鉴》透视封建时期士人"没出息"的活法、自己骗自己的文化姿态，以及他们无路可走的"不在乎"的无奈。最窝囊的是，当时的文人说不出一句明心见性的话。

《王阳明传》呼吁善良出能力来：对人仁从而鉴空衡平、爱"爱心"而天良发现。良知顿现，难事易办。心学是意术，是感觉化的思想、哲学化的艺术，是修炼心之行动力的功夫学、成功学。致良知教世人柔心成真人。

现象即本体，影视通巫术，方法须直觉，效果靠博弈：《电影现象学》旨在使影视艺术能有自己的本体论、方法论。

文化即传播，只要一"化"就有传播在焉。我几千年文明古国，锦绣江山，传播玉成。《文化传播》写的是文化的传播即传播的文化。

《揉心学词条》想总结误解发生的思维机制（意向三歧性）、误解发生的心理机制（欲望三重化）、误解发生的语言机制（言语的三不性）、误解发生的行为机制（互动反馈误差扩大），想建立"误解诊疗术"，但只是沙上涂鸦，更似煮沙成饭。

家，是移情的作品。院子是境，也是景。情景交融，在美学上值得夸耀，在生活中是不得不做的事情。"我"寄寓于别人家院子，像小件寄存一样。《在别人家的院子里》是我印象深刻的生活经历。

刺刺不休十一卷，诚不足称之为著作，只是我造句几十年的一个坟丘（另有百万虚构类文字已被风吹）。其中包着误解，也含着希望。误解，是人自我活埋的本能。希望，是人自我生成的器官。"我"因对希望心不诚而自我活埋着。

最后，我满怀深情却文不对题地抄几则卡夫卡的箴言：

> 生的快乐不是生命本身的，而是我们向更高生活境界上升前的恐惧；生的痛苦不是生命本身的，而是那种恐惧引起的我们的自我折磨。

它（谦卑）是真正的祈祷语言⋯⋯人际关系是祈祷关系，与自己的关系是进取关系。从祈祷中汲取进取的力量。

　　生命开端的两个任务：不断缩小你的圈子和再三检查你自己是否躲在你的圈子之外的什么地方。

2023 年秋

目　录

小引　伸头亦一刀，缩头亦一刀

"百姓日用"

《水浒传》不以用智名，谈"水浒人的智慧"是缘木求鱼吗？

微妙常在于意外，有修辞效果的都是反常的。从《武经七书》谈兵家智慧固是水到渠成、理固宜然之事，从"水浒人"的使勇斗狠、酒色财气中能侦察出些什么？

何况过往历史的真相与圣经贤传那个理想的玄虚层面有着相当的距离，那些诏文大诰当然不全是假的，但肯定是不能用来说明"百姓日用"的全部内容的。百姓日用中的智慧不是最高级的，却是最普及的，从而是最能说明本民族"智调""智局""智量"的。记载百姓日用最好的文本是什么？当然是小说，尤其是白话通俗小说。

《水浒传》不但是长篇白话通俗小说的开山巨擘，而且是具有永久魅力的经典文献。读者对于《水浒传》见仁见智，各取所需，明代及以后的农民起义领袖，将它与以用智名世的《三国演义》一起奉为军事教科书，这证明《水浒传》中的智谋具有非凡的魅力。解读之，鉴赏之，从而建设"新民智慧"，并不是白费功夫。

卢卡契提议用"智慧风貌"测度一个民族的文明水平暨小说的文化水平，诚为大师别具只眼处。《水浒传》这种有浓厚乡土气息的文学，是显示我民族本土文化理想的"标本"，智慧风貌简直是说不尽的。

从智慧角度读《水浒传》，从《水浒传》说智谋，不亦宜乎？不亦乐乎？本书能成为一本从智谋处透视"国民性"的小书吗？

智慧——文化的代码

显示民族特色的除了肤色、语言这些表层的代码外，更要看"知行"两方面体现出来的"智"的品格、向度、效果。智慧、谋略揭示着民族文化的秘密，用智的是具体的人，但"人不弘道，道自弘人"，就是"智多星"吴用也不是空穴来风，他的"智"受着"智本身"的支配。月印百川，白马非马，我们且只说"水泊中的月亮"，而且还只是一个周月亮在说。

《水浒传》这部书，不管怎样评价，它写"世道人心"达到了"民族志"的水平，这一点是无可争议的。尽管它在精美程度上与后来的《红楼梦》不可同日而语，但《水浒传》是比《红楼梦》时空背景更广阔的"百科全书"，这也是有目共睹的。仅从智谋或曰"术"上说，它至少有三个层面的内容：

1. 政治智慧——权术；

2. 军事智慧——兵法谋略；

3. 民间智慧——心术巧智。

所谓的政治智慧，小而言之是从高俅到黄文炳的"整人术"、宋江的"穿针引线术"等。黄文炳辈固然坏，但智商不低；大而言之如朝廷的"驱狼吞虎术"，让宋江等人受招安后去征大辽、打方腊，这同慈禧让义和拳去打洋人的心术相似。更令人深思的是：为什么农民起义总是败给"不战而胜"的"政统"？为什么梁山义军在军事上胜利了，却在政治上惨败了？而且败得一塌糊涂，天怒人怨，鬼气森森！

所谓军事智慧，是标准的兵法谋略，一百二十回本的《水浒传》有一半篇幅是写战争的——达到战役档次的战争。"兵者，诡道也"，谋者，奇术也。攻城陷地、十面埋伏，水陆协同、间用火器，美人计、反间计、连环计，计术纷呈，仅小说回目上明标"智取"的就有八处。就是单打独斗的交锋中，也充满巧智。往往孔武有力不敌机智灵活，不信，你看燕青。

所谓民间智慧，是个大而无当的词，只是取其外延广大姑且用之罢了。何九叔圆滑的心计，人常言之，但人们注意过董超、薛霸辈差役小卒收拾"配军"——落难英雄的伎俩吗？注意过阎婆惜、潘金莲、潘巧云等"贼妇"之贼胆贼智吗？市井中人天天上演着"使心眼"的生活剧，永无谢幕之时。

然而，无论是"小丈夫自完之计"、滑稽英雄的全无算计，还是大丈夫的千秋大计，似乎都在"久赌无胜家"的法则面前成为失败者。莫非真是"伸头亦一刀，缩头亦一刀"吗？胜利者似乎只是握有权柄的奸贼，他们有"法""势"，所以，他的"术"灵光："不刃而戮，不火而焚"，他们在"幕后"结了前台的账。

智慧本是灵长类的人用以解除痛苦、克服困难、避免祸害、制敌取胜的，用智的人们是否因此而洪福齐天呢？成败之间的微妙深奥的道理在哪里？接近这个道理本身，不是增长了大智慧吗？

"水浒人"

若单指"一百单八"，则"水浒人"只能涵盖部分国人，如从阮氏三雄到"红高粱家族"中的"我爷爷"余占鳌；如若包括《水浒传》中诸色人等，从道君皇帝到师师小姐，则将各种类型的国人全指代了。

这迫使我们浮动性地使用这一概念，有时用狭义上的水浒人的概念，即前者，有时就用广义上的，即后者。在这节文字中是用前者，后边讲各种智术时，便无论贤与不肖了。

"少不看《水浒》"，已成民间口头禅，为什么？最简易现成的答案是怕跟着学打架。为什么古斯巴达、日本专门让全国人练习打架？

古语有焉："儒者崇文，野夫尚武。"中国是文明隆盛之邦，以礼法为正宗，几千年不变地施行着以静态的安身、安心、安详、安定为目的的"目标管理"。秦始皇以后的历代帝王都实行以"弱民"为核心的"管理法"。这一现象宋后为烈，且愈演愈烈。清代自白莲教闹了事以后，明令禁止习武，民间习武者有以"教匪"嫌疑而被正法了的。宁肯一潭死水，积贫积弱，也绝不能滋长犯上作乱的能力，岳飞、戚继光就因有这种能力，尽管没有事实，也倒了大霉。

在"少不看《水浒》"的呼吁背后，是这个静态的"植物化"的观念世界对动态的行为文化的拒斥、抵御，上升到政治上，给它定的罪名便是"诲盗"。自古以来，直到袁世凯、蒋介石都是最怕"家贼"的，都是持"宁赠友邦、不与家奴"方略的。

《水浒传》惊险宏伟的场面是由一百零八名好汉以无比充沛的精力展现的。他们不受委屈，不容曲折，凭一股澎湃的原始生命力纵横折冲；他们具有一腔至性，别有一副奇才，在风起云涌的乱世闯荡奔跃，迸射出凡人难以企及的英雄光彩；他们生命洋溢，卓立超凡，充满扣人心弦的魅力，更以痛快淋漓的风姿，为乱世儿女擎起精神上抗议的旗帜。

至少在表层上，《水浒传》中的一百零八名好汉与尸居余气的"植物人"构成鲜明对比，成了不被礼法社会容忍的另一世界，他们的"动"未能打出新天下是一个文化传统的深层结构的问题，他们的动本身尽管也证明了那个深层结构的战无不胜，但他们毕竟动了，而且动得有声有色，给呆板、黯淡、拘谨、胆小的芸芸众生形成一个强有力的"形击"。领袖、军师、英雄正为政治智慧、军事智慧、民间智慧提供了生动、鲜明的个案例证。智慧是文化的代码，具体到人头上，便成了其风格的鲜明特征。知先行后，知行合一。非凡及平凡人物行为中的智慧，不是比"兵书"更不"脱离群众"，更易获致共鸣，从而便于重组经验吗？

本书下面的章节随缘设法，因人制宜，亦以谋略本身为主题，殊无作茧自缚的定则，"兵者，诡道也"。

一部小说，从文学角度说值段最高的符号体系是情调，从文化上看该是"智调"了。《水浒传》写尽了人生即战场的风流景况、险象环生、奇局迭起,"最好汉"最后输给了"最王八蛋"!"热血无敌"?"仁者无敌"?快酒攻城之血路心城终是"围城"吗?

酒色财气、使勇斗狠、智赚智杀,却只谱写了"却喜忠良作话头"的"话头"!是不是制约、支配千百项智谋的那个"大智"、那个"道"本身有不可救药的结构性的痼疾?

且看"书林隐处"。

第一章　得胜回头：无刃而戮，不火而焚

封建社会的宗法强权政体是一具"万寿无疆"的吸血僵尸。无量头颅无量血、几番杀伐几番起灭，都养育着这具僵尸，使之死而不僵。僵尸不僵，不是自相矛盾吗？比这个词更矛盾的是那个社会本身，它本身的自相矛盾是罄竹难书的。然而，它拥有一套奇妙的"结构—功能体系"，法、术、势成龙配套、浑然一体、巧夺天工。任何英雄、强徒、孤儿、寡母都是它的"肥料"，南面君临人间者，坐享着"无刃而戮，不火而焚"的胜利。

　　"看不见的手"在哪里？

　　解剖高俅这个"细胞"或许能明白若干奥秘。

高俅"无形"

当年，项羽提议与刘邦单打独斗，一决雌雄，以免生灵涂炭。刘邦答曰："我与你斗智不斗勇。"刘邦终生都改不了他的"早期经验"，是有名的"流氓皇帝"。

高俅也是流氓出身。

流氓术的精髓就是"无形"，从而变化从心，随心所欲。这是颇合乎"兵机"，甚至"天机"的。

《孙子兵法·虚实篇》说：

> 微乎微乎，至于无形；神乎神乎，至于无声，故能为敌之司命。
>
> 形兵之极，至于无形；无形，则深间不能窥，智者不能谋。

明乎此，则可以明了作为古代帝王术的哲学基础的"黄老之学"，何以教导皇帝深藏九五、神器不可示人、"南面"等了。虚，乃无用之大用。

高俅拥大势而无形，"以有虞待不虞"，不费举手之劳，对林冲形成了"拊背扼喉"的攻势，林冲再有万夫不当之勇亦毫无作为也。《三国志·魏志·武帝纪》载曹操论战马超事："战在我，非在贼也。贼虽习长矛，将使不得以刺，诸君但观之耳。"曹操毕竟与马超布阵争斗，而高俅无须如此，这两个丞相级大僚都敌不过对手的长矛，像刘邦不是项羽的对手一样。高俅比曹、刘低级，林冲比马、项窝囊。因为高俅无形，故林冲在"鬼打墙"面前，莫名其妙地缚手就擒。

　　高俅施展无形术法，是以其道德上的"无行"为起因的。《水浒传》第七回中，高俅道："我寻思起来，若为惜林冲一个人时，须送了我孩儿性命，却怎生是好？"刘备掷阿斗于地，恨为此孽子险些损一员大将，因为刘备要创业，很有事业心，故爱才如命。高俅荣华富贵都有了，"延续生嗣"这个种族根性成了优势需要，所以将叔伯兄弟过继为螟蛉子。再说大宋江山也不是他高家的，他本是在寻个"淘趁乐"儿，更不可能为给国家养将，"送了我孩儿性命"！比起为了逃命，数次把亲生孩子踢下车来的刘邦更有点人情味，还是更有点兽性味？

一、围魏救赵

　　欲救高衙内一条狗命，必须拿下用武力保卫妻子的林冲，张开围剿林冲的网是势所必然的。《三十六计·围魏救赵》中有这么一句："敌阳不如敌阴。"这句话可以转意理解为"候其气衰而击之，则胜"。高衙内的走狗陆谦将林冲骗去喝酒，衙内趁机去调戏林冲的娘子。待林冲明白过来，他先是把陆谦家打得粉碎，又拿了一把解腕尖刀，径奔到樊楼前去寻陆谦，并一连等了三天。后来，高俅织开罗网时，林冲每日与鲁智深喝酒，把这件事不记心了，"气衰"了。

二、"出其所必趋"

人各有所嗜,冯梦龙所编《古今笑史》单有"癖嗜"一部,前有"子犹曰:螂且(蜈蚣)甘(爱吃)带(蛇),鸱鸦(猫头鹰)嗜鼠,甲弃乙收,孰正唐(唐衢善哭)陆(陆士龙爱笑)哭笑之是非?"衙内贪色,林冲尚武。此时若给林冲施美人计是徒劳的,虚用其筹,救不了"赵",必须"出其所必趋",故意专门卖宝刀给林冲。身感屈沉的林冲,不愿让宝刀屈沉,"好汉爱宝刀"是"必趋"之事。"林冲把这口刀翻来覆去看了一回,喝彩道:'端的把好刀!高太尉府中有一口宝刀,胡乱不肯教人看,我几番借看,也不肯将出来。今日我也买了这口好刀,慢慢和他比试。'"作为教头,他可能知道"饵兵勿食"这则兵法,但他哪知道这刀正是太尉府中的?此皆因高俅"无形"在暗处。

三、"攻其所不守"

太尉钧旨,让林冲带宝刀到府里去比看,林教头没有丝毫"抗旨"念头,他嘟囔的那一句"又是甚么多口的报知了",尚有些许自得。但并不是忘乎所以,他尽管"太尉一传就上路",还是头脑清醒的,对传话人说"我在府中不认得你",他哪里知道这正是太尉"无形"的手段,好让林冲日后无法举出确切人证。等他在"无备""不意"中完全落入圈套后,才猛醒到是误入"白虎节堂"了。豹子头这是喝了高太尉的洗脚水。

四、借刀杀人

高俅从无形——始终不露面地导演着上述伪装和欺骗的情节——到"示形",终于"诱敌就范",他完成了"无中生有"的全部布局，不再弄假到底了，本来"诳也，非诳也，实其所诳也"（《三十六计·无中生有》），高俅终于等到了"由虚变实"的时机，将林冲解至开封府，定要叫府尹问他个"手执利刃，故入节堂，杀害本官"的故意谋杀罪。这是显而易见的借开封府的刀杀林冲。孔目孙定说得好："这南衙开封府不是朝廷，是高太尉家的？……谁不知高太尉当权，倚势豪强，更兼他府里无般不做，但有人小小触犯，便发来开封府，要杀便杀，要剐便剐，却不是他家官府？"林冲的正当防卫在高家看来便是大触犯了。在没有另外的权力制衡、有效的监督控制的情况下，就是谁有权谁就有理。林冲本是冤枉的，但能得个"脊杖二十，刺配远恶军州"的惩处，还真是多亏了开封府的清官滕府尹从中缓急。不得已而求其次，高太尉只好再借一刀，便是让负责押送的董超、薛霸"只就前面僻静处把林冲结果了"。这已不算严格意义上的"借"了，因为这不是"引友杀敌，不自出力"（《三十六计·借刀杀人》）了，而是让狗去咬人而已。薛霸说得明白："高太尉便叫你我死，也只得依他，莫说使这官人又送金子与俺。"稍有所碍的是"法"，即开封府的公文的约束，但宗法强权社会中，法从来没有比权大过。不然，也不会有"野猪林"一场了。

林冲"忿速"，误在"必生"

有人说，安娜·卡列尼娜的悲剧根源在于她长得太美了。那么，林冲的悲剧则是因为他娶了一个漂亮妻子了？再进而言之，林冲夫妇不该迷信，去庙里烧什么香、还什么愿，烧香引来鬼！如此这般地罗致偶然原因，那林冲不该看鲁达舞杖，不该中途和妻子暂时分手。人生真是每一分钟内都可能变生意外，别看历史格局可以三千年不变。当然还可以如此这般地去找偶然背后的必然，如林夫人张氏不能像西方妇人一样有社交，无由去太尉府家出席个什么舞会之类，那样，高衙内得悉美人已有英雄护，便会如小说作者解释的"若还认得时，也没这场事"。当然，如果真是西方的社交、风俗，则张氏也许会成为"性解放"者。

这许多"也许"，作为哲学话题，当是"有聊"的，对于探讨、学习"守正用奇"的兵家智慧来说则是无聊的。活人不能不动弹，安娜不能不坐火车，张氏也总是要烧香的。人生即战场，每一分钟都可能拉开战局，战幕拉开，就该放弃幻想。

如果说制度规定着"大命运"的话，那么对每个个体来说，性格决定命运。

要是有科学、合理的选拔制度，则林冲、高俅即使不易位，也该林冲比高俅高一个级别才是。反常却恰恰正常的是：宗法强权社会中，代代都有贤处下、不肖处上的显例，有一大串奸臣当道、忠臣被害的史实。林冲的悲剧的直接原因在于"不合吃着他的请受"，而且他过分执迷于这一点，即所谓有"必生"之念。

《孙子兵法·九变篇》说：

> 智者之虑，必杂于利害。杂于利，而务可信也；杂于害，而患可解也。
>
> 将有五危：必死，可杀也；必生，可虏也；忿速，可侮也；廉洁，可辱也；爱民，可烦也。凡此五者，将之过也，用兵之灾也。覆军杀将，必以五危，不可不察也。

林冲遭逢猝然"事变"所表现出来的智量，只是"教头"水平的，用他自己的话说就是"虽是粗卤的军汉，颇识些法度"，扳过高衙内，恰待下拳时，先自手软了，这是充分估计了"害"的方面，只怕"太尉面上须不好看"。他对鲁智深说："林冲不合吃着他的请受。"只为有这一丝贪恋，便错上加错，满盘俱输了。身份影响着性格，性格决定了态度——行为意志。林冲作为与高家敌对一方的主将，犯了"必生"这个大忌。

"必死"是有勇无谋，容易中计。必生则是贪恋既得的一切，如林冲贪恋禁军教头职位，"小不忍"则受大损失。而且高衙内只是一般无礼，不足以促成林冲必死的决心。林冲爱顾与他结婚三载，"未曾面红面赤，半点相争"的情意投合的妻子。这些都使并不是贪生怕死的林冲变得投鼠忌器、柔弱起来。林冲与势大的高俅、高衙内"放对"，本处于守势，再加上林冲这种"必生"之念，就因被动、消极而处于绝对劣势了。最致命的是他陷入了"无算"状态。

一、"忿速"蚀智

"忿速"就是刚怒急躁，一触即跳，这最容易使人失去正确的判断。

林冲没打高衙内，似乎有"制怒"的意志力。但林冲并不是以制怒为前提，清醒冷静地分析敌情，争取克敌制胜，而是息事自安，陷入内心的情绪紊乱的消耗战中。他蒙受侮辱，固然愤懑，又不宜开打，只好寻找心理平衡："不认得荆妇，时间无礼""吃着他的请受""权且饶他"。他也自信如此，并自信自己的威名能震慑高衙内。林冲郁郁不乐，闷在家里想得更多的是"向后看"的内容。所以，他对新的阴谋没有准备——"无算"。

帮闲富安向高衙内分析了林冲不足惧："他见在帐下听使唤，大请大受，怎敢恶了太尉？轻则便刺配了他，重则害了他性命。"堂堂太尉的水平就是"闲汉"富安的水平，林冲再知法度何用？然后，富安又进献一条"调虎离山"计。

"调虎离山"难在"调"字上，天助衙内的是，林冲的好友陆谦是个无耻的奴才，为讨主子欢心，甘心卖友求荣。陆谦表演得天衣无缝，劝慰林冲实为进一步麻痹林冲。另一路人马去"引蛇出洞"，骗去张氏，入高衙内圈套。又是偶然原因，林冲饮间小遗，否则当是另一种局面，"林冲传"将是别样写法。

林冲砸了陆家，又去寻仇，这便是标准的忿速了。他有着高傲自恃的天性，本容易受辱妄动，在暴怒之际，便将本不发达的"智量"给搅浑了：认准冤家是陆谦，却忽略真正的仇家本姓高。林冲自己搅浑了自己的水,事实上等于纵敌再来摸鱼。他扑虚避实,趋近着"覆军杀将"的困境。

二、"必生"蚀骨

有个外国的哲学家将人的基本情绪分为三项:恐惧、愤怒、爱。忿速是愤怒,必生则是恐惧,爱在这两项中起支配作用。林冲只拿陆谦泄愤,不去寻衙内是惧太尉。这种惧是因为他爱已取得的地位和美满的家庭,不忍心让这些毁于一旦,这便让他有了弱点,资敌自限。这时他又只偏于"利"这一面的计算,不能"杂于利害",辩证量敌,不是"智者"。

似乎"骨"(意志)与"智"的关系不那么直接,其实"勇,则生智",意志、性格直接影响、干预着用智的全程,从"始计"到操作实施、应变,直到一个回合与下一个回合的过渡都是一场性格战、意志战。大将军运筹大战役是如此,日常人际小征战亦如此。

林冲被他妻子劝着:"休得胡作。"这倒是对的,林冲宰了陆谦,不算打败了敌人,还会被太尉当成名副其实的杀人犯给正了法。但林冲为什么不去宰了高衙内,"擒贼擒王"、消除祸端呢?林冲不是心慈手软的道德家,他只有必生之志,投鼠忌器,既不"伐谋",又不"伐交""伐兵",一味错伐对象。客观、主观两方面都停在一个界限上:玷污未遂,识些法度。这个界限却使势态模糊起来,也使林冲的内心视界陷入遮蔽不明的状态。敌人笑里藏刀,林冲却只看见了笑,看不见刀。

陆谦与林冲有"笑史",林冲轻易地被这个"内间"调出了山。高俅对林冲也有"笑史",陆谦劝林冲时说,"太尉又看承得好";林冲买了好刀后,想起的是与高俅好的一面:"今日我也买了这口好刀，慢慢和他比试。"林冲与高俅没什么心理距离，更无敌视、戒备之意。这先前的"微笑"却成了"男儿有泪不轻弹，只因未到伤心处"的"逻辑前件"。林冲先是径直奔向那"笑里藏刀"，竟在白虎堂"班门弄斧"（此二句仿《何典》句式），皆因必生的瓣心上长出了无算的草。

走必生之路，取"善守"之策亦未尝不可。孙子曰："不可胜者，守也……善守者藏于九地之下，善攻者动于九天之上，故能自保而全胜也。"林冲却又有忿速的一面，撩拨得陆谦百尺竿头，更进一步，此时对陆谦来说，已不是"卖友"问题，而是"自保"问题：不除林冲，自身难保，向高俅献计，使林冲有勇无处使，猛虎自入坑，给林冲来了个"树上开花"，使林冲终成贼配军。陆谦又亲自买嘱董、薛半路害死林冲及烧草料场，这些都已不是单单替主子效劳了。

林冲连自保之势已失，他却忿速亦忘速，与鲁智深连着喝了几天酒，就忘了刚刚发生过的一切，比鲁迅批评的一般的中国人的"健忘"还"健"些。不忘又能怎么办？人不能总悲愤欲绝地活着呀——成千上万的人都在这么说。这种心理是助敌自灭的法宝。反之，亦反之，君不见勾践乎？

林冲被必生蚀骨的最典型的表现便是人人为之痛惜：受押解他的衙役董、薛凌辱、暗算，林冲还在鲁智深面前为他们求情，受差拨混骂，还赔着小心。林冲为什么不能像武松那样，将杀手踢下飞云浦，对索贿的差拨说"金钱是有，但留着自家买酒吃，只有精拳一对相送"？

草料场被烧后，林冲无论如何已犯下了死罪，绝不可能"挣扎着回去了"，而且挣扎着回去也无意义了，他忍辱负重为求与妻团圆的幻想终于彻底破灭了。他履践了兵家话头：置之死地而后生！

必生本是本能，天经地义，却将他一步步拖入绝地。他挣脱了自缚的锁链，拼将一死，反而杀出一线生机。

"兵者，诡道也。"人生亦诡道也。

克服人生悖论之有效一途就是改变前提。

王进：三十六计，走为上

凡《水浒传》的读者谁都不会认为王进比林冲英雄。

这正是王进的英雄处。

《孙子兵法·形篇》："善战者之胜也，无智名，无勇功。"这虽是概括胜敌之善战者，不包括逃跑将军、无为将军，但包括能够"立于不败之地"的人。王进"宵遁"私走，算败不算？

《三十六计·走为上》："全师避敌。左次无咎，未失常也。"后两句见《易经·师》卦。《易经·师》经解："此量敌而后进，虑胜而后会者。"《诚斋易传》中讲："左次乃退舍之谓也……盖善师者不必战，以守为战，亦战也；善战者不必进，以退为进，亦进也。"总之，这是教导人们根据情况避强待机，以退为进，随机应变，量敌、量力而行。

王进面对高俅有三种选择：一是"投降"，俯首称奴，加倍地巴结、钻营。王进他爹当年打高俅一棒给他埋下了伏笔，王进像陆谦、富安那样效忠高俅还未必能够见容，王进需要付出更大的努力才能补救前愆。而且，这种赎罪是不能张扬的，王进不能透露高太尉早年生活中的半点事迹。高俅未必需要这样的人来效忠，因为效忠者多如牛毛，多个王进徒添疲劳空气。所以，王进即使想为乃父赎罪，投靠高俅，甘心为奴才，也未必能成功。而且，王进的第二个选择"媾和"也不可能。王教头与高太尉不成比例，两人的对峙是不能成立的。在不利情况下与敌人媾和只是比投降这种彻底失败程度稍轻的一种失败，算半失败吧。王进可以以教头的身份与高俅僵持，谨言慎行，不露丝毫破绽，使高俅捉不到任何可以借用法度来处置他的借口，与高俅维持一种心照不宣的"和平"局面。这是比"终身履薄冰"还艰难、无把握的苦役。在强权社会，有权的威福人是没有限制的，高俅占尽了"欲加之罪"的主动权、解释权，王进再忍气吞声也难以自保。高俅完全可以在任何时候，一高兴或一不高兴收拾他帐下的一个教头。王进即使放出手段与高俅"媾和"，也只能相安半天一晨。任何外交都是实力外交，没有实力，任何和约都是一张废纸。何况，生狼怎会与蚂蚁签订协议？除非它掉在蚂蚁组成的吃肉坑里。王进还有一个老母亲，在奸贼高俅和奴才陆谦等人组成的世界里，王进当不上太尉，又不想当陆谦，只有"全师避敌"，保护老母私走宵遁。走之所以为上，是因为走比投降、媾和多了一线生机，退却还可以转败为胜，尤其是主动积极地以退为进的退却。王进之走，不期望"留得子胥豪气在，三年归报楚王仇"，没有那种"势"，能"自保"即为善策了。他后来教出个史进，史进成了义军头领，薪尽火传，这只是一个意外的收获。

王进的所作所为符合"不可胜，守也"这种兵家道理。王进走到延安府，脱离了高俅的势力范围，便是"善守者，藏于九地之下"了。走了一月有余之后，王进与母亲说道："天可怜见，惭愧了我子母两个，脱了这天罗地网之厄。此去延安府不远了，高太尉便要差人拿我也拿不着了。"施行"第三十六计"，能否"走"得脱是个关键。王进巧施调虎离山术,支开了门前两个牌军,"示假隐真",让两个牌军一前一后地毫不质疑地去岳庙等候去了。王进娘俩却"取路望延安府来"。而且"夜住晓行",使高俅"行开诸州各府,捉拿逃军王进"的"文书"——通缉令没有发挥出作用,这也算"阴在阳之内,不在阳之对"的"瞒天过海"吧。

"智浅福浅"与"机深祸深"

　　术，固然因人而异，但人终是势中人，势也不是空穴来风，势后是法。欲加势必变法，古今中外概莫能外。变法又须术，鸡蛋相生。

　　这阳性动态的层面犹如河流，范导它的河床是什么？

　　说不清，道不明，只好让读者自己从上述两个相互否定却又同是合理存在的命题中去体味了。

　　反正，斗智用术背后的东西更发人深省。不了解制阳之阴，把《武经七书》倒背如流也只是纸上谈兵。

一、王伦：智浅福浅

　　古代的《水浒传》研究者排比若干史料证明王伦实乃一军健。他弄过一起几个月的造反事件。作者为什么非要给他一个秀才身份？从创作心理学角度自然能说一通替代补偿、文化反省等话头，这且不论，在这里恐怕还为了显示一种对比：王伦、晁盖、宋江，三个领袖，三种梁山，也算一个正反合。王伦自家断送了性命，算是"量小福小"；宋江断送了全伙的性命，则是"机深祸深"。李贽在《水浒传》第二十回写下一段回评："昔人云：'秀才造反，十年不成。'岂特造反，即做强盗，也是不成底。尝思天下无用可厌之物，第一是秀才了。"

李贽区分了造反与强盗的差别,并给王伦标了价:强盗而已,与宋大哥的忠义救国军不可同日而语。秀才王伦只"因鸟气合着杜迁来这里落草",并无什么远大宏伟的目标。他爬科举愚人山,倒毙于中途,像小孩跟着别人跑,跟不上、超不过,便反向而奔,也算有了前途、当了第一,排泄了那口"鸟气"。他虽脱离了正轨,但总算得了第一,"状元不是第一吗"?所以,绝不允许有能力的威胁这个第一!这是根本利益之所在,一切都得以此为出发点,这是王伦的基本原则。林冲来投奔,本是如虎添翼的大好事,高俅辈为渊驱鱼,王伦也相应地来个驱鱼出渊,对高俅辈奉行着巧夺天工的阶级合作主义。高俅、林冲的位置是倒置的:不肖处上,贤能居下!几百年来人们为此感慨唏嘘。王伦比高俅却更过之:连个下位都不给林冲。不能说王伦比高俅更缺德、不智,只因高俅占据着礼法规则,林冲再有本事也须帐前听唤,略看承的好一点,林冲便感念不已。而王伦已脱离了传统、合法的"游戏规则"。草莽世界是生存竞争,谁劲大谁占便宜、强者为尊,他的顾虑是有基础的:"我又没十分本事,杜迁、宋万武艺也只平常。如今不争添了这个人,他是京师禁军教头,必然好武艺。倘若被他识破我们手段,他须占强,我们如何迎敌。"

王伦是"多方致误"。他不是愚顽颠顸,而是太聪明、太有"远见"了,遂造成判断失误,将来求收容的林冲视为来抢班夺权的,不知以仁义结心,自恃一日之长,排擅林冲,种下祸根。量小德薄而动机心的人与王伦千古同辙。

高俅比王伦聪明得多,这个浮浪破落户子弟"笔札颇工",文体活动也有水平，"遍历三衙者二十年"，游刃有余。尤显其智术的是，"靖康初，祐陵南下，俅从驾至临淮，以疾为解，辞归京师。当时侍行如童贯、梁师成辈，皆坐诛，而俅独死于牖下"。打家劫舍的小盗能死在坑上是难得的造化，窃国大盗能寿终正寝也功夫非凡。既能按规则游戏，又能及时跳出游戏规则，全靠对"大势"的来、去有着出神入化的感觉，自然能用上几个兵家语汇来形容。但高俅虽为太尉，却不是军事家，他的军事才能只用在"整人"这个战场上了，这也是人生即战场的缘故。

一个林冲在京城、梁山两地领略了"两极相通"的奥义。高俅和王伦官匪有别，所体现的"组织法则"却如同胞同胎的亲兄弟，足可以给亨廷顿关于政治秩序的三个公式当血肉例题。

王伦与林冲本来同是"挫折人"，都无法展开正常的"政治参与"，那个死水一潭的宗法强权社会，又不提供纵向、横向的其他流动机会，这二人只好先后落草为"寇"。他们这种变异了的政治参与与社会制度形成尖锐的矛盾，王伦若真是个有政治头脑的秀才，则会扩大自己的积数。可惜他的智量、智局、智调使上述议论小题大做到了滑稽的程度。

王伦被死水一潭的政治制度漂至水泊，他便再弄一潭死水，在"宛子城""蓼儿洼"当个夜郎自大的"土皇帝"。他不"关门"，谁"关门"？媳妇当了婆婆，要将苦熬多少年的利息一股脑砸上接班的债务人，于是林冲求婢而不能。于是，林冲上了梁山后，还得再上一次。

人急必反。

二、宋江：机深祸深

宋江何曾想做贼？他"担着血海似的干系"给晁盖送信。宋江机智灵活，他哄骗何涛，证明自己在上梁山前还不是个"机械满胸、忠义满胸"的庸奴。在一个由庸奴构成的一潭死水的社会里，宋江动弹了、出格了，于是灾祸随之。刘唐来谢恩，随即有了杀阎婆惜一事，遂而有了以后一连串的事情。宋押司终于成了梁山泊寨主。

雷横捉了刘唐，晁盖用智从雷横手里将刘唐赚出。晁与雷素称莫逆，但关乎朝廷法度亦不敢明言，须"无中生有"，晁盖与刘唐冒认甥舅，还给雷横十两一锭大银做贿金。这当然增加了晁雷之间的友谊，雷横、朱仝二都头捉拿晁盖时两人都想放走晁盖，朱仝还追上晁盖明卖一个人情。朱、雷二人都充满机心，个中战术性的小计也颇巧智，朱仝、雷横故意"敲山震虎"，通知晁盖快跑，又"西向纵敌东向追之"，还"装跌"自倒，诸如此类。此乃捕快中的"斗争艺术"。他们用智的结果使自家也终于做了"贼"，这是他们始料之外、极不情愿的。然而，势所必至，个人的聪明才智只能加速走向"大势所趋"的方向。

智慧本是人类趋利避害的能力，何以宋江辈却"机深祸深"，自己的巧智运载着自己走向与初衷背反的道路？大而言之，他们的那点巧慧从本质上是反智的。这是一个综合的历史性的判断，须反复声言才获正解。且看宋江为争取秦明投诚，用了反间计，使政府视秦明为叛徒，全家被斩。在宋江的软困下，已官至统制的秦明听了宋江的请罪，只得向不可避免的命运低头。

> 秦明见说了，怒气于心，欲待要和宋江等厮并，却又

自肚里寻思。一则是上界星辰契合；二乃被他们软困，以礼待之；三则怕斗他们不过，因此只得纳了这口气。便说道："你们弟兄虽是好意要留秦明，只是害得我忒毒些个，断送了我妻小一家人口！"

——《水浒传》第三十四回

这就叫"智赚"秦明。具有讽刺意味的是，宋江立即为秦明重续一室作为对他失去妻子的赔偿。宋江以小本经纪人做买卖的方式调和着行帮意旨与新入伙的英雄的关系。宋江有这种"调和"的智量，于是大家都服他。

朱仝与宋江是旧日里的衙门同事，朱仝放过晁盖，而且去捉宋江时也以同样的技术放过宋江。但朱仝宁愿忍受犯人流放的耻辱而不愿落草为寇。他在沧州充役，给知府当男保姆，照顾知府四岁的儿子。梁山泊众好汉为赚他上山，使李逵拐走孩子并将其头劈开，朱仝虽因此上山，但对李逵残杀儿童的行径怒不可遏。朱仝的愤恨超过了秦明，李逵为自己声辩说当时仅仅是执行命令。

捉贼然后做贼，可以从一个侧面注解"逼上梁山"。捉贼者与贼的界限要说大，大得要命，如宋江、朱仝死活不肯上山；若说小，也小得要命，一夜之间由都头变成了"贼"，用时间最少的是李云，他捉李逵，被朱贵、朱富兄弟两个用麻药蒙翻，贼没捉住，还失去三十来个弟兄，回去见知县定是吃官司。李云叹了口气道："闪得我有家难奔，有国难投，只喜得我又无妻小，不怕吃官司拿了，只得随你们去休。"李云一晌间便完成了转变。可见梁山也好上得很，只要先上山的用一番话点拨一下，便诲盗成功。

那选派若干人员分头去宣传不就可以云集天下好汉了？不行，必须到"大势所趋"时才行，所以诲盗者乃势也。举足触网罗，张口犯刑诛，无须别人来诲，自家早想为盗矣。

施耐庵在编写《水浒传》时，已着意写诲盗的重大意义了，这便是宋江对梁山泊的改组，给梁山人马一个政治纲领、一条道路。施耐庵等人的诲盗不只是在表彰鲁达、三阮类的好汉，更在表彰宋江这种以诲盗为使命的盗。历代官方都认定《水浒传》诲盗是教唆杀人放火，没有"公正"地评价"统豺虎"——驯虎师宋江为皇家所做"教化强盗"的工作。宋大哥活着不被朝廷理解，死后也不被官方意识形态收容。白费心机，何苦来？

宋江不遗余力地把社会上闲散的好汉收罗到一起，然后又一股脑送还皇家，皇家坐收了"零存整取"的全部本利，天罡地煞杀了一圈又回到出发地。普天之下，莫非王土。宋江终于兴高采烈地领着弟兄们走上了荣华正道，他们哪料到第一个门槛便是鬼门关。

机关算尽，反误性命。

"返本复始"也是兵家原则。

圆如太极。

兵法本于王制

旧评点家认为，王进退，高俅出，象征着王业衰微，奸人横行。燕南尚生更有离奇的附会性解释："史进，史是史记的意思，进是进化的意思。……（过去'宣付国史馆立传'那一套），应名儿是信史，其实直成了独夫民贼的喜怒录、百官溜饴工拙成绩表，臭屎不如，哪儿还去找史呢？施耐庵说，准许我这说儿实行，力行公是公非的主义，不准用压制的手段，大行改革，铸成一个宪政国家，中国的历史，自然就进于文明了。所以一大部书，挑帘子的就是史进。"这种解释只能使我们感受到晚清呼吁民权的气息，他另一段解释高俅的虽也是情绪性、联想式的，但颇有可观之处："高是高下的高，俅是求人的求。在专制政体以下，若是想着做官，必得托门予，剜窗户。即近来所谓洋荣园，合'君子忧道不忧贫也'（尚生按道作道路解，就是门子）。一会得谗谄面谀，向高处献媚，无论怎样的破落户，怎样的犯重罪，统可以位至卿相，作福作威。若是单有才学，没有门子，可就不要想做官了。"（《水浒传命名释义》）高俅的发迹与王进的敛迹、林冲的发配对专制政体的说明性已成了常识，毋庸再做申说，需要赘述一句的是：那种流氓政治必有下流"兵道"。

"兵者，诡道也。"与之相对的道德价值世界则可仿辞为"德者，常道也"。古代伟大的军事家、兵法著作，都强调道德公义对于用兵的重要意义，譬如孙武在讲用间谍时指出："非圣贤不能用间，非仁义不能使间，非微妙不能得间之实。"道德与军事的关系是一言难尽的，但这两者都受制约于政体则是显而易见的。

我们不妨从陆谦谈起。

有德者未必有能力，无能而又想出人头地就非"求人"不可。高俅求皇帝，陆谦求高俅，宝塔形的政体上爬满了"忧道（门子）不忧贫"的爬虫，塔体本身也就变成了"洋荣园"，海瑞式的官员颇罕见，物以稀为贵，于是他们成为人们赞誉不厌的例子。陆谦要讨高俅的喜欢才充当起"间谍特务"来。陆谦向高俅提供林冲爱好刀的情报，并献计利用林冲这个特点（弱点），一系列迫害林冲的阴谋都由他策划、实施，高俅对林冲的"不刃而戮"全是由奴才陆谦代办。正因为有取之不竭的走狗队伍，正经主子才南面而坐，坐享其成。奴才主动卖艺、卖力也不是为了赔，而是为了赚：赚出头、赚门路，还有"夹带"，揩油。

再说林冲与王进。王进全身自保，皆因思路正确，知己知彼，"全师避祸"，事实证明"走"的确是上策，"走为上"对王进来说没有任何讽刺性。王进固然比林冲聪明有韬略，但更因为林冲面对的一切不像王进那么明朗，林冲被"太尉看承得好"，这个因素是致命的。王进、林冲都是仗本事吃饭的人，都不是陆谦辈宵小之徒。不同的是王进与林冲的"布景"不同，王进他爹当年那一棍给王进打出了个透明度。高俅对王进用的也是"阳谋"，直接、公开用职权挟嫌报复，王进没有产生幻想的条件，反而心明眼亮了。林冲觉得自己与高太尉有情面，反受诱惑，自累毁家，空有一身本领，连可怜的自保也保证不了。林冲被高俅的阴谋连连击中，莫说反击，连"走"也"走"不脱了。

说这些琐碎的话是为了将小比大：宋江不正是追求必生而接受招安、自投罗网吗？宋江不是被诱就范，而是追求着就范。《水浒传》中最大的"不刃而戮"，就是让宋江去打方腊，驱狼吞虎，两败俱伤，二玉俱焚。忠心不负朝廷的宋江用弟兄们的鲜血和生命捍卫着赵官家与李师师一刻千金的幽会吉辰。那具吸血的僵尸为什么那么富有吸引力呢？引得无数英雄竞折腰，因为英雄都有"成就欲"。

粗看智深鲁莽灭裂，要给高俅三百禅杖，林冲精细冷静、制怒息事，看承太尉面皮，合情合理，但最后的事实证明，还是智深"智深"。他无牵挂，故潇洒、阔达；林冲"请受"自限，虽是"豹子头"，却暗弱、拘谨。王进，无欲则刚，"走为上"。鲁智深，理想主义；受摆布时期的林冲，犬儒主义；王进，清醒的现实主义。后期的宋江与前期的林冲衔接成一个圆圈，林冲觉醒了，宋江却变本加厉了，成了投降主义的标本，成了"无形"治道不刃而戮的无头冤鬼。

战无不胜的是那具僵尸，无论是有万夫不当之勇的林冲，还是弱不禁风的林黛玉，都是"人肉宴席"上的下酒菜。宋江则是脖子上挂着铎领、率队入厨的那只羊，边走还边惭愧：不能自去蹄毛，不能自变成熟食。

王进去投延安府种经略相公去了，也是希望在边庭上有番作为："那里是用人去处，足可安身立命。"王进逃离奸臣、投奔忠臣，忠臣也是官家的。宿元景是忠臣，为官家招安了梁山义军，对于义军来说, 他带来的危害大, 还是高俅给予的危害大? 高俅又成了"有形"的阳谋的化身, 宿元景则成了"无形"的阴谋的体用, 宿元景本人是"有形"的, 不是存心坑害义军, 这越发证明他背后有个更深邃的"无形", "因有用无"。

"道之为物, 惟恍惟惚。"

"阴制阳。"

第二章　酒色财气皆机关

使智用术无非是为了达到自己的目的，而普通人的目的差不多用酒、色、财、气四项概括完了。

而且这四项既然是人生主要内容，也便相应地成为人生的主要战场。酒、色、财这些物质性的东西也变成了工具，目的又倒过来成了手段。即因即果，我佛如是说。气更容易被煽动、利用，这在常常"一时性起"、以出气刀为大快活的水浒人中更是第二生命之类的东西。水浒人的使勇斗狠不就凭着一口气、为了一口气吗？

所有智术都是通过对方的弱点起作用的，没有弱点的人是不存在的。因为每个人都有欲求，所以说"知己知彼，百战不殆"。于是，嗜酒，就有人给酒里下蒙汗药；好色，就可能因此身首异处，西门庆是也；不好色，也会自制陷阱，卢俊义是也；贪财，设局竞争，鱼死网破，疏财，结人有术，树大招风，祸乱随之，宋江是也。动气，不计后果，倒果成因，小忿成大战。诱人生气动怒，然后乱中取利。激将法、骄兵计，妇孺皆知。

大人物用千百万人的生命为筹码斗智决胜，所谓"一将功成万骨枯"，小人物则用自己的生命争强夺胜。他们都想成为赢家，然而久赌无胜家。

水浒人活得不将就省减，《水浒传》的作者也在着力表彰他们那"酒色财气不碍菩提路"的潇洒风姿，尽量让他们"终成正果"。庸凡的在计算中过日子的人们不敢学习他们，却羡慕他们，从理论上赞赏他们活得痛快淋漓、绚烂多彩、饶有英姿。然而，成于斯、败于斯，酒色财气皆机关。机关撞尽，横陈多少生命？

任你奸似鬼，喝了我的洗脚水

自称三千军马也敌得过的鲁智深，却轻易地躺在了孙二娘的条案上，张青晚到一分钟，世上便再无"花和尚"。

李立的火家赶巧不在，不然李俊只能找到宋江的尸体——甚或肉早也被切碎了。

他们可不是喝药来了，他们是喝酒来了！

吴用智取生辰纲，关键的关键也是酒中巧下蒙汗药。

"却怎地用药？原来挑上冈子时，两桶都是好酒。七个人先吃了一桶，刘唐揭起桶盖，又兜了半瓢吃，故意要他们看着，只是教人死心塌地。次后，吴用去松林里取出药来，抖在瓢里，只做赶来饶他酒吃，把瓢去兜时，药已搅在酒里，假意兜半瓢吃，那白胜劈手夺来，倾在桶里。这个便是计策。那计较都是吴用主张。这个唤作'智取生辰纲'。"（《水浒传》第十六回）

杨志心细如发，吴用用心更细如毫毛。杨志错在一味用蛮，造成上下否隔，不能同心协力。吴用七人都具有极高的主动性，具有"人和"这个用兵之道的根本，所以连白胜这样的最不英雄的英雄也表演得天衣无缝。晁盖等七人要力斗还真不是杨志的对手。

吴用智，善假于物，故能以少胜多，不战而胜。杨志不智，不能把握时机,那一套防贼术已引发了众军汉的逆反心理,而且是应付一般强人的常规办法。杨志能谋虑却不通权变,有先见却迷惑于当场。结果奸似鬼喝了吴用的洗脚水。

蒙汗药是水浒人的常规暗算武器,对付以大碗喝酒为首要人生目的的好汉是成功率极高的"科技手段"。

王伦主持时期的梁山酒店,"专一探听往来客商经过。但有财帛者,便去山寨里报知。但是孤单客人到此,无财帛的放他过去;有财帛的来到这里,轻则蒙汗药麻翻,重则登时结果,将精肉片子为靶子,肥肉煎油点灯"。真聪明透顶,能充分利用。这是店主人朱贵自报家门,当凿凿可信。连戴宗都吃他蒙翻了。

这位朱贵是使用蒙汗药的专家。李逵下山接老娘上山快活,却给官府捉了。朱贵是宋江专门派来照应李逵的,朱贵又深知李逵是宋江心上人,不救下来,回去如何见哥哥?押解李逵的李云又是好本事,朱贵、朱富二人合力也近他不得,所以"只可智取,不可力敌"。高着就是下蒙汗药,李云不喝酒,没关系,就将蒙汗药拌在肉里。朱贵还嘱咐弟弟:"肉里多掺些,逼着他多吃些,也麻倒了。"药嘛,朱贵从梁山上下来时随身带着。李逵比猪八戒强多了,不拆台,还会配戏,"看了朱贵弟兄两个,已知用计,故意道:'你们也请我吃些!'"

徐宁追他那镇家传世宝甲,在车上吃了乐和半瓢酒,就口角流涎,扑地倒在车子上了。醒来已身置梁山。

连李逵哄骗朱仝看护的那个小衙内,还给四岁的孩子嘴上抹了蒙汗药,让这孩子哭喊不得,死于非命——不喝酒,也要给你嘴里灌蒙汗药。

蒙汗药这种手段固然原始，但在运用最原始的械斗武器的时代，这种间接的巧妙手段还是行之有效的，尤其将蒙汗药掺混在水浒人视为第二生命的酒中，几乎百验不爽，似乎唯天人武松能识破此机关，反而把"麻醉师"孙二娘压在下面。

酒是祸媒人

不下蒙汗药的酒也是著名的绿林手段。

帮闲富安献给高衙内的妙计就是让走狗陆谦请林冲去喝酒，调虎离山，另一干人骗出林妻，诱林冲步入陷阱。若不是林冲正出来小解碰上丫鬟锦儿，则奸人的阴谋得逞，高衙内也就完成了他的犯罪……林冲砸了陆家，又拿着尖刀等了陆谦三天，鲁智深来看望他，自然要喝酒，而且天天喝，这一喝便缓解了林冲和世界的紧张关系，他不但报仇的心情淡化了，防备的心理更少了，遂有了买刀不疑、献刀不疑的"误入白虎堂"。正在林冲日日饮酒之时，高俅一伙的罗网向他铺开。

酒是祸媒人，不仅是发酒疯惹祸、招祸，还有林冲这种被人请酒却是入敌范围的祸事。根源在于酒最能让人更加主观主义，连清醒机警并不贪杯的林冲尚难免此等错误，那些嗜酒如命的弟兄更何言哉！

像杨雄酒后骂潘巧云，反中了潘巧云的离间计，这样的错误，在水浒人中俯拾皆是，是不是有人故意以酒为手段，这里且不必说它。李逵酒后发疯的疙瘩事太多了，这里只举一则他被人用酒赚了的例子。

李逵为娘报仇，成了杀虎壮士，被人簇拥，却被因除恶不尽、从李逵刀下跑了的李鬼妻给认出来了。她也要报仇，她丈夫剪径是犯法，但李逵更是大罪人。刁徒曹太公端的好计谋，赚李逵这样的莽汉绰绰有余。一试探，李逵果然不敢到官府去领赏。曹太公的奸计其实就是着人轮换把盏，一杯冷，一杯热，不到两个时辰，李逵就被灌得酩酊大醉，立脚不住，被绑在了板凳上。这固然是雕虫小技，上不了任何兵书、史书。但能智胜李逵，对于曹太公来说却是保全了数十条生命的大胜利。

　　用酒绝非高深谋略，但也因为不高深，才成为大众化的手段。

色之为关及其关里关外

做个好汉是必须不贪色的，这似乎是一种行帮道德。

不贪色也会因此出问题，也能构成串起大戏的"机关"。

宋江不杀阎婆惜，则《水浒传》将是别一副面貌。宋江杀阎婆惜的必然原因是宋江不好色。"原来宋江是个好汉，只爱学使枪棒，于女色上不十分要紧。这阎婆惜水也似后生，况兼十八九岁，正在妙龄之际，因此宋江不中那婆娘意。"因此张文远乘虚而入，因此阎婆惜要消遣宋江，不还他招文袋。宋江杀阎婆惜的偶然原因是宋江被阎婆惜"夹了几杯酒，打熬不得"，只得睡在婆惜床上。宋江又恼着气，婆惜腻歪宋江，宋江怨憎婆惜，这两个原因又造成宋江匆忙下楼，忘了拿招文袋。而财更是个要命的物件，若宋江果有一百两金子，与婆惜当场交割，一手交钱，一手交招文袋，也不会出现杀阎婆惜的结局。阎婆惜不知适可而止，宋江全方位地撞在酒色财气四大机关上，颠顶懵懂，心拙智疏，极不愿触犯法度却稀里糊涂、窝里窝囊地成了杀人犯！

酒色财气四大机关，乃天然设就，胜过任何人为的营构，智者的智量也是用在如何避免被这天罗地网给笼罩吞噬罢了。

水泊上的第二把交椅的座主卢俊义也是窝囊地输在色关上。

吴用赚得卢俊义出门，俘他上山，但他忠于朝廷，曾准备几十条麻绳自愿上梁山捉寇，所以他死不接受宋江的好意，执意要回他的家。到此为止，若卢俊义的妻子不私通管家李固，则卢员外还是大地主。其妻之所以私通李固，也是由于卢俊义是个好汉，沉湎于武功的修炼，不兜揽色欲之事。这种必然的积累，被先回家的李固给利用了，而且是过分利用了。李固反客为主，卢俊义成了绊脚石。于是，在捉拿反贼的大义正理的名义下，奸夫淫妇假借官府力量满足了自己卑鄙的私欲。卢俊义不贪女色，终遭妻子的报复、暗算。

诚如阎婆惜所说："好呀！我只道吊桶落在井里，原来也有井落在吊桶里。"

《水浒传》中的妇女，除林冲妻子柔善无力外，剩下的无论是淫妇潘金莲、阎婆惜，还是孙二娘、顾大嫂、扈三娘，都是敢作敢当、不避生死的。林娘子无意惹祸，祸逼乱至，潘、阎有意闹事，身死且殃及一串生灵。她们都成了颇有几分颜色这个先天事实的牺牲品。

色是人肉筵席的大节目，也是人肉市场的大机关。梁山好汉不贪色，但不排除他们使用这种手段。

大而言之，梁山人最后的归宿——受招安能成为事实，就是因为有个举足轻重的大人物好色，这个人便是道君皇帝。此老儿身居九重，被四贼群小包围。宋江等人的拳拳忠心，难达圣听，高俅辈吃了他们的，喝了他们的，还拿了他们的，但就是不肯在皇帝面前给他们说一句话。宋江渴盼招安的热脸千方百计地想贴到皇帝的冷屁股上，却怎么也贴不上。下情不能上达，这个信息不灵的专制政体的痼疾，使宋江陷入痛苦的单相思中。多亏皇帝还有一个与民间发生关系的接隼处：从地道潜入李师师的"椒房"，以享鱼水予飞之乐。于是，妓女李师师的双人床成了胜过雄兵百万、险要如三关的最大的用武之地。

走李师师的后门，不算规范的美人计，只是借力于美人尔。

柴进这个"帝子神孙"给梁山做得最大的贡献就是参与了接通与李师师的关系的工作。黑三郎宋江得以与李师师同酌共饮，且捋袖揎拳，放出梁山的手段。若不是李逵一把吃醋火，正不知何以做结……直到色艺双全的燕青再度"入肩"，重金贿虔婆，箫声动妓女，才得以"月夜遇道君"，圣明天子才了解了真相与草寇的真心。

这才有了"梁山泊分金大买市，宋公明全伙受招安"。当然，这也是在向"神聚蓼儿洼"的悲剧挺进。

成也师师，败也师师，成败均不关乎李师师。

始于杀惜，败后可惜，色关原本胜于诸机关。

西门庆见色起淫心，直到"血染龙泉是尽头"。

王矮虎好色，打方腊时与女将交手，动了邪心，阵上抒情，死于非命。

……

色关陷入，"多乎哉？不多也"。

谋财疏财皆有道

《水浒传》有两句主题歌诀："仗义疏财归水浒，报仇雪恨上梁山。"前一句说的是财，后一句说的是气。

"人为财死"这句俗谚几乎重复了五千年，大概还要重复一万年。给人家财，然后让人家为你去死，这便是阴谋或智谋。

现在要说的是在谋财和疏财这两种形式背后的巧智或曰诡计，利用了"人为财死"这个根本缺陷，也印证了人无法超越这个坑陷，因为说到底，人是一种利益动物。

在谋财这个战场上，人们全是各尽所能、超常发挥、机关算尽、死而后已。有权的受贿，无权的动武——抢，动嘴——骗，巧取豪夺，无所不用其极。个中有多少权谋与奸诈？又有多少设局的陷阱、软取的"赚"功？

冯梦龙在《谈概·贪秽部》的概评中说："人生于财，死于财，荣辱于财。无钱对菊，彭泽令亦当败兴；倘孔氏绝粮而死还称大圣人否？"所记"如意"一则颇显哲学智慧：

《风俗通》云："齐人有女，二家同往求之。东家子丑而富，西家子好而贫。父母不能决，使其女偏袒示意，女便两袒。母问其故，答曰：'欲东家食，西家宿。'"

孔子"敬鬼神而远之"不是这种兼得利而不承其苦的聪明？五四运动以后的征婚广告标榜或要求女子的是"新知识，旧道德"。钗黛合一的学理基础也是"兼美"。

这是巧人的"两全其美"的哲学性的谋划。再看一则贪鄙不道的《钱当酒》：

> 苏五奴妻善歌舞，亦有姿色。有邀请其妻者，五奴辄
> 随之。人欲醉五奴狃其妻，多劝之酒。五奴曰："但多与
> 我钱，虽吃炊亦醉，不须酒也。"

五奴颇智，知人在用酒摆他这也幽默，智量也不小。明要价，比吃暗算强多了。但一明要价，便是阳谋，不算阴谋，从而也就没有了险畏感，比放刁的讹诈——如佯醉俟狃举入巷，叱起索钱，或先索命再索钱则又廉价了许多。

《水浒传》中毛太公赚二解老虎一节不算特别精彩，但也算人们熟知的片段。毛太公的贪毒、奸诈给人留下了深刻的印象。他先用酒食挽住二解，不动声色，还布置假现场，弄个门锁久不开的证据。真现场无法彻底破坏，被二解发现了血迹，然后是抵赖、反诬"解珍、解宝白昼抢劫"！区区一里正，谋略水平已相当可观了。然而高潮还在后头：

那两个正骂之间，只见两三匹马投庄上来，引着一伙伴当。解珍听得是毛太公儿子毛仲义，接着说道："你家庄上庄客，捉过了我大虫。你爹不讨还我，颠倒要打我弟兄两个。"毛仲义道："这厮村人不省事，我父亲必是被他们瞒过了。你两个不要发怒，随我到家里，讨还你便了。"解珍、解宝谢了。毛仲义叫开庄门，教他两个进去。待得解珍、解宝入得门来，便教关上庄门，喝一声："下手！"

——《水浒传》第四十九回

毛仲义诱敌深入之计完成得相当漂亮，了无痕迹，不由二解不信。作者告诉我们："原来毛仲义五更时先把大虫解上州里去了，却带了若干做公的来捉解珍、解宝。不想他两个不识局面，正中了他的计策，分说不得。"

应天锡则是豪夺。豪夺用的是蛮力，除了残忍凶恶之外，不值一谈。

郑屠是虚钱实契，占了人还赖钱，可谓巧取兼豪夺。

这都须以实力为后盾：应天锡是高知府的小舅子，高知府又与高太尉是弟兄。不豪夺于世，不是浪费了这么优越的权势？郑屠虽是操刀的小本经纪人，但他是黑社会中的一霸，镇关西的大名不充分使用，不转换成利益，徒有那么大的名头，不也是一种浪费？

差役、管营、刽子手的索贿在书中得到不厌其烦的多次重复的摹写，连戴宗这后来的"造反者"先前还是个索贿的班头，而且还在宋江头上动土！蔡庆、蔡福弟兄乃行刑刽子手，为卢俊义一案得了多少好处，不为索贿，却是受贿，等他们上梁山聚义后，不知何以面见卢员外？林冲、武松入牢后，都经受了管营、牢子的索贿教育。索贿，尤其是这类犯人之上，又无官员身份的走狗层次上的人物，他们是粗劣地明索，也属豪夺范围，比用"我夫人是属牛的"索贿县令赤裸多了，骂着要钱，仗势欺人而已。

歹徒谋财的另一道路是剪径。个中有智的，要算李鬼了。他会拉大旗做虎皮，假借威名，吓倒良民。但他又毕竟是蠢夫笨汉，冒充李逵而撞见正身，犹不识相，不是纯粹的有眼无珠？他又终比真黑旋风"鬼"，也是个不错的表演家，骗得李逵心软。他谋财不成，害别人命不成，还能保一会儿自身的命。他死于该缩手时不缩手，皆因谋财心切，为智不深者戒。

剪径是豪夺的"哥哥"——持械抢劫，不必多说，有胆有力者皆可为之。但历来还是把打劫的是否是不义之财作为区别英雄与歹徒的重要标志。

谋财是拿来，疏财是散去。散去有时是为了赚，有时施恩不欲报，但一方面善恶有报，天道好还，如金氏父女对鲁达，另一方面是水浒人格的既要匕首杀仇，更要明珠报德。总之，疏财往往成为滚雪球的起点，越滚越大：仗义疏财归水浒。正是："循环莫谓天无意，酝酿原知祸有胎。"或曰："替天行道人将至，仗义疏财汉便来。"

具有相当谋略水平的疏财是宋江的结纳术。

宋江的疏财可人为地分成两个层面：一是他未成罪犯的"押司期"，二是他上梁山和成为头领后的"江湖期"。其实，正因为有了前件，才有了后件。但宋江本人的做法及用意是有所不同的。押司期谈不上什么谋略，不是他心怀异志的证据，因为他不想造反上山，所以多是仁德之举。如那首赞其好处的《临江仙》云："济弱扶倾心慷慨，高名冰月双清。及时甘雨四方称。"再看作者的概述。

> 平生只好结识江湖上好汉：但有人来投奔他的，若高若低，无有不纳，便留在座上馆谷，终日追陪，并无厌倦；若要起身，尽力资助，端的是挥霍，视金如土。人问他求钱物，亦不推托。且好做方便，每每排难解纷，只是周全人性命。如常散施棺材药饵，济人贫苦，周人之急，扶人之困。以此山东、河北闻名，都称他做及时雨，却把他比的做天上下的及时雨一般，能救万物。
>
> ——《水浒传》第十八回

他给王婆、王公、阎婆买棺材是阴谋吗？显然不是。若说他疏财全是纯正无私的义举，也是以偏概全，他还是有结纳天下好汉之功利目的的。他"江湖期"中的疏财，便更属于"结纳术""叩关术"范围了。结纳术又有仗义结心与结好细人之别。

先说后者，举一个小例子。《水浒传》第三十三回中，宋江到了花荣的清风寨，花荣一日换一个体己人，拨些碎银子，陪宋江去清风镇街上闲走乐情。结果宋江不肯让伴当花钱，归来又不对花荣说，"那个同去的人欢喜，又落得银子，又得身闲。自此，每日拨一个相陪，和宋江缓步闲游，又只是宋江使钱。自从到寨里，无一个不敬他的"。宋江做普通人能活得滋润，如鱼得水，全靠这种"小惠全大体"的功夫。

仗义结心亦须财。李逵漏赚宋江银子，又去赌博，戴宗不好意思，对宋江道："兄长，休怪小弟引这等人来相会，全没些个体面，羞辱杀人！"宋江道："他生性是恁的，如何教他改得！我倒敬他真实不假。"宋江端的好眼力，倒是戴宗庸凡得多，一路上说了好几遍"又叫兄长坏钞"，显得贫气无味。用术须有智，宋江终非等闲之人。他对李逵一方面是疏财，一方面是理解。宋江此举疏财结心的活动可谓做得既多且好，因为他心细、体会别人心意比较准确，所以他的人缘好、威望高。丐帮们有时犹重财下面的心意，因为他们受歧视惯了，所以理解、温暖、关爱极能感化他们的心。宋江这方面的组织才能已不仅是个权术问题了，而是一种品质、一种人生境界了。

极没品质的事情也出在宋江身上，而且不是个权术问题，而是一种价值追求，这便是他给朝中大官送厚礼的"叩关术"。梁山事业以劫生辰纲始，又以宋江大捧金银贿赂当道，从而受招安而终。

财为机关，主要的是打通关节。通关节是水浒中诸色人等的谋生手段、适意的工具，在这方面表现出无孔不入的心计，而财是天然的实力。西门庆以财打动王婆，王婆才给他定了个十面挨光的计谋，二人商谈，话里话外皆一"财"字，王婆在最细小的环节上（如中间出去买酒也让西门庆多拿钱）都设计得一清二楚。王婆死于贪财，西门庆死于有钱。

一番气有千般用

气为机关，可分为天设、人为两种。

底层人长期受压抑，积怨塞胸，一肚皮怒气，开闸就决堤，此可谓"天设"。所谓"人为"，即调动对方的忿气，达到设计效果。

"吴学究说三阮撞筹"，是人为巧借天设，使自在的"气"变成了自为的"气"。孙楷第先生有两句诗赞吴用说三阮一事："看他风度权奇甚，不话金珠只话鱼。"冯梦龙用"诞信递君，正奇争效"来解释"权奇"，说这是一种真假相递为主的智术。吴用就是用一套真真假假的话"搔着了痒处"，唤起了三阮的革命要求。三阮饥寒交迫，又不能打鱼了，断了生计，正处在"这腔热血，只要卖与识货的"火候上，吴用轻松地使三阮达到了自己的设计效果。

气，具有明显的连锁反应性。所谓"一番气在千般用，一旦无常万事休歇"正是揭示了这个特性。用气的关键是让对方之气为我所用，这需要智术。

林冲早对王伦憋了一肚子气，被吴用煽风点火的话撩拨得火上加油，便火并了王伦那厮。

气之为用，大矣哉！

一部《水浒传》，可谓"用气大全"。义气结心聚义，忿气杀人报仇，一时性起，血流成河……一番气岂止千般用？

吴用赚卢俊义就是利用了此公刚愎负气的弱点，让卢到山东，他就来山东，而且还打着小旗、带着短绳，自以为那帮草寇必然是被他见一个擒一个，结果却皆在吴用掌握中。

比赚直接的"调气术"是激，用得好坏，取决于是否看准了对象，是否真诚、自然、得体。《水浒传》第三回中，县尉都头领着士兵包围了史家庄院，只要史进交出强人，史进为难："却怎生是好？"朱武等三个头领跪下道："哥哥，你是干净的人，休为我等连累了。大郎可把索来绑缚我三个出去请赏，免得负累了你不好看。"这是真诚的，也是最有效的激将法，因为史进是条爱惜名声的好汉，所以史进明确回答："恁地时，是我赚你们来捉你请赏，枉惹天下人笑我。若是死时，与你们同死，活时同活。"其实史进与他们并无深交，也不想走上山落草的道路，只是当场激于义气，下了烧家突围的决心。

林冲宰了王伦后，吴用当即就从血泊里拽过头把交椅来，便纳林冲坐地，叫道："如有不伏者，将王伦为例！今日扶林教头为山寨之主。"这是纯粹顺向激将法，毫无真诚可言，吴用虽敬重林冲，但绝无立他为尊的本意。吴用早已窥透了林冲的个性，故而一激，一气呵成，让林冲趁势一笔了结此案。林冲几被激怒，大叫道："差矣，先生！我今日只为众豪杰义气为重上头，火并了这个不仁之贼，实无心要谋此位。今日吴兄却让第一位与林冲坐，岂不惹天下英雄耻笑！若欲相逼，宁死而不坐。"林冲是个诚实性厚的人，他把吴用的话当了真。这正见出了吴用激将的效应。

气，概括的是主体的决心、意志的方向等动态的心理机制。所有情势、因素最后都通过主体的气而主客相触、串成局面。所谓"千般用"，因人而异、因时而异、因势而异。林冲、宋江、卢俊义那口落草的气是那么难以形成，三阮、李逵等却早有了那股气，这是身份、气质不同之故也。宋江超常的是能忍气。林、卢二人武功跟岳飞差不多，据《说岳》说是一个师父的徒弟，在能忍气方面是大大胜过绿林出身之人的。燕青虽为浪子，一副小闲做派，在李师师面前却是一身正气，生怕坏了哥哥的大事。他若不用正气，浪漫一下呢？局面不可预知。武松若爱恋金莲，不动杀气，天罡煞之数便不齐了。

晁盖迹近廉洁，故要杀坏了名头的杨雄、石秀，并愤然要起兵去血洗蔑视梁山的祝家庄。应了《孙子兵法》"廉洁可悔"的话头。史文恭编得那几句儿歌激得晁盖亲自下山，而且是愤怒出兵，"宋江苦谏不听"，结果中箭牺牲。

人活一口气。具有极度的自尊心且躁性的水浒人极好动气，故浪漫、紧张的传奇故事紧随在他们身后。无处不见气之作用，千言难尽。

张艺谋自言，电影《红高粱》的主题就是"人活一口气"。

酒色财气之所以能成为机关，盖因"不智"所致。

人性有贪婪、脆弱的一面。不嗜酒能被麻翻了吗？李云押着李逵，李云不吃酒，蒙汗药被拌在肉里，朱贵的弟弟朱富又是李云的徒弟，李云能警惕到徒弟头上吗？李云还是智不及。

不贪色，反遭"色人"害，又当何说？还是个"不智"。宋江打发刘唐时精细得很，又怕公人撞见，又不愿当着刘唐面烧晁盖的信，免得被认为不以兄弟情义为念等，这是精明的。但他无智地从阎婆手中脱出，又无智地从婆惜手中拿出书信，而且不知女人情移何事不出，还不果断离远点儿，反带着泼天罪证走近之，哪有半点权谋？卢俊义不知奸人在侧，小乙哥通报还不信，卢的眼睛、大脑均已失去功能，当得起半点儿聪明不？武松若受过西洋教育，还有传统保留节目"杀嫂"这段公案不？

疏财，固然潇洒，但《水浒传》中的好汉送礼时像傻子，譬如白给了高俅多少？而《水浒传》中贪黩者爱财如疯子，却如披麻赴火，财帛到手，身首异处。正常人少、正常的时候少，所以故事偏多。

动气、出气，撞击反射，再动气、出气，哪有一定的心术？忿速者众，苟且者少，固流血的惨案连绵不绝，直至"神聚蓼儿洼"，自家没气了。四贼却出了气，又在后来人心中种下了气，再接着动气、出气……东风西风乱搅子风。

天人武松走上梁山，步步在酒色财气的机关上：打虎以酒，杀嫂在色，被张都监构陷于财，打蒋门神是为气，因义气而动气、出气。

树欲静而风不止。车行路上，你不撞它，不等于它不撞你。怎么办？不知道。但单靠杀人只能有"负反馈效应"——杀一个再死一大串，动气、出气，形成恶性循环。

机关算不尽，巧智诡计也是徒增曲线而已，赚人者未必不被赚。

奈何？无可奈何！

第三章　杀人有术

一部《水浒传》，堪称血染墨缸，腥风透纸，全是杀人放火的故事。

上风头放火，下风头杀人。

月黑杀人夜，风高放火天。

《水浒传》差不多是三千字一杀人，五千字一放火。

何事最瘆人？杀人如儿戏！

从杀人用具上说：朴刀搠、腰刀割、尖刀剜、射杀、棒打、拳击、斧劈、枷魁、水淹、放火烧、药杀……

从杀人过程上说：斗杀、暗杀、借刀杀……

从杀人动机上说：仇杀、怒杀、"快活杀"、谋财害命、因奸杀人、赚人入伙、杀人灭口、杀一人引发一串死……

李逵的"排头价砍去"，以及"砍瓜切菜"这样的词频相当高的惯用语，说的是蛮杀乱砍。大小山头的寨主们常常开剥剜心，还用冷水泼了，用人心下酒，孙二娘"等我亲自来开剥"叫杀猪杀？满门老小全宰了叫一窝杀？杀人如麻一词无奈太苍白乎！

有道是："剥下人皮蒙战鼓，截来头发做缰绳。"

这里单道杀人见巧、死人有术、单打独斗、于人情物理处颇见智慧者——干脆放宽了说：即使谈不到智慧，动了脑筋的也算数。至于攻城掠县，集团屠杀，那接近于用上讲究的兵法了，规格高了，在《水浒传》中却是沉闷不足观处，俟之后文。这里单表那些民间化、水浒特色的杀人智术，其实智量无多，风度颇有一些。

"职业杀手"

　　董超、薛霸之流专事关押、解送犯人的衙吏，贪图贿金，将犯人变成死人，可谓"职业杀手"。分野外下手、牢内干掉两种主要情形。

　　沧州是宋代的主要发配地，从东京去沧州路上第一个险峻去处就是野猪林。"宋时，这座林子内，但有些冤仇的，使用些钱与公人，带到这里，不知结果了多少好汉在此处。"不过，一百单八将中人在打方腊前是不死的。所以，我们看到的野外谋杀往往是这样一个"三部曲"：①夜里在客店设法用滚汤烫得对手走不动；②次日在猛恶林子里借故将对手"连手带脚和枷紧紧地绑在树上"；③告诉冤头原委及"明年今日是你周年"，然后举水火棍冲脑袋劈将下来，却棍起英雄出，犯人得救。林冲和卢俊义都是如此遭经，被鲁达、燕青救下来。

　　谋杀者的暗算谋略颇精细：因对手多是好汉，须先收拾得走动艰难大困乏，再缚了手脚毫无还击的威胁，又在无人烟处，留不下作案的后遗症，从而不辱使命、安享贿金。

　　救人的英雄也是聪明的，性急的鲁达都能耐得性子，"夜间听得那厮两个做神做鬼，把滚汤赚了你脚，那时俺便要杀这两个撮鸟，却被客店人多，恐妨救了。"关键是信息灵，起解之始已获悉有阴谋；判断准，正等在谋杀地。燕青救卢俊义是鲁达救林冲的再版，连文字也大略雷同。

牢内谋杀的主要名目有（一）盆吊："到晚把两碗干黄仓米饭，和些臭鲞鱼来与你吃了，趁饱带你去土牢里去，把索子捆翻，着一床干蒿荐把你卷了，塞住了你七窍，颠倒竖在壁边，不消半个更次，便结果了你性命。这个唤做盆吊。"（二）土布袋压杀："也是把你来捆了，却把一个布袋，盛一袋黄沙，将来压在你身上，也不消一个更次便是死的。"这不是标准的"杀人有术"？

《中国监狱史》载，无视法律秘密杀囚是宋代监狱黑暗腐败的突出表现，狱囚在狱中，完全丧失了法律保障，以致不经任何审判程序即被秘密处死。赵普知太宗即位必大赦，便密令处死十八人，斩毕赦至。据《监惩录·前编》载，宋代狱官箴土"（因）狱小而囚多，勒禁卒，凡徒戍以上百余辈，尽弊之，以病死闻。"到宋徽宗时，秘密杀囚已泛滥成灾，尽管三令五申，也无从解决残杀狱囚的问题，司法官吏贪赃枉法，非法拷讯，制造冤假案更是家常便饭。掌狱官吏"以狱为市"，公开受贿索贿，"若不得钱，不与躁地，不通饮食"，无钱之囚则视之"犹犬豕，不甚经意"，小病不管，还有死后才知的。收拾狱囚的办法及名目是颇见慧黠的：断薪为杖，搭击手足名曰"掉柴"；或用木索并施夹两胫名曰"夹帮"；或缠绳于首，加以木楔名曰"脑箍"；或反缚跪地，短竖坚木，交辫两股，令狱卒跳跃于上，谓之"超棍"，痛入骨髓，几乎殒命。

此处放火，彼处杀人

此招数颇合兵法，诸如声东击西、里应外合之类，也颇合目的，放火为毁财，杀人为出气。

《水浒传》第三回中，史进正和朱武、杨青、陈达在史家后园喝酒，赏玩中秋，华阴县县尉引着两个都头，带着三四百士兵，围住庄院，外面火把光中，照见钢叉、朴刀、五股叉、留客住，摆得似麻林一般。史进先用缓兵之计，让都头权退一步，答应绑出朱武等贼头来解官请赏。史进却和三个头领，全身披挂，拷了腰刀，拿了朴刀，把庄后草屋点着。外面见里面火起，都奔来后面看。这便是此处放火，吸引敌人，史进等人却大开庄门，呐声喊，杀将出来，在彼处杀仇人、冲血路，达到目的。

晁盖也是烧了自家庄园突围而走的。

烧人家的就更多了，带有明确的攻击性质。有名的三打祝家庄，成功于里应外合，里边放火，外边冲进来："后门头解珍、解宝便去马革堆里放起把火，黑焰冲天而起。四路人马见庄上火起，并力向前。"祝家军马见庄里火起，回奔之际，便一切全乱了。黑旋风最高兴了，"吃我杀得快活"。

吴用智取大名府，最关键的一环是派时迁、二解、二邹、张青夫妇潜入城中，来了个肚里开花。时迁挟着一个篮儿，里面都是硫黄、焰硝、放火的药头，篮儿上插几朵闹鹅儿，趱入翠云楼后，走上楼去。外面攻城的声势弄得里边乱了，时迁就在翠云楼上点着硫黄焰硝，放一把火来。那火烈焰冲天，火光夺目，十分浩大。梁中书、王太守就都乱如惊鬼了。邹渊、邹润手拿竹竿，只顾就房檐下放起火来。铜佛寺前，张青、孙二娘入去，扒上鳌山，放起火来。此时大名府城内，百姓黎民，一个个鼠窜狼奔，一家家神号鬼哭。四下里十数处火光亘天，四方不辨。外乱不是乱，内乱才是乱。攻城部队就轻而易举地打进来了。此处放火，彼处杀人是当时的大智大谋了。

先放火后杀人其实是标准的无中生有之计："诳也，非诳也，实其所诳也。"用假情况欺骗敌人，但不是弄假到底，而是要巧妙地由虚变实，造成敌人的错觉，给予敌人出其不意的攻击。

戏杀赚打

好汉或歹徒都具有常人鲜有的以战为戏的气质，但这里所说的戏杀包含着智慧因素，凭借着武功实力的优越，他们杀人的时候表现出明显的戏弄对手、游戏于战斗之上的智慧风貌，这是水浒人的显著的风度，《水浒传》的喜剧性多出于此，粗壮汉子们的幽默风姿也多于此。鲁达（鲁智深）是个颇有魅力的男人，"两只放火眼，一片杀人心"，却不给人凶神恶煞的憎恶感、恐怖感，这也不光是因为他主要杀坏人，有正义感，还因为他幽默有趣，专会"戏杀赚打"，杀人杀得阔气。当然，妇孺皆知的是他三拳打死了郑屠。尽管三拳就把郑屠给打死了，出乎他意料，但整个过程是打得相当聪明的。

他打郑屠是为了救金氏父女，为了确保金氏父女安全出境，所以尽管鲁达气得一夜未睡，但还是采取了"消遣打法"，为拖延时间，他让金氏父女走得再远些。他先跟郑屠要十斤精肉，切做臊子，不要见半点儿肥的在上头，后要十斤肥的，切做臊子，不要见半点儿精的在上面，而且还要郑屠亲自切，郑屠一副没脾气劲头。亏鲁达长期干买办这个勾当，否则哪里想得出："再要十斤寸金软骨，也要细细地剁做臊子，不要见些肉在上面。"郑屠还是不敢发作，只笑道："却不是特地来消遣我。"鲁达说对了，"洒家特地要消遣你"!

这正如阎婆惜让宋江答应了她三项条件，还是不还他招文袋，说"待老娘慢慢消遣你"!

如鲁达一见郑屠就一拳打去，将失去多少摇曳的风光？那也就不是"智深"了，而是黑旋风的手段了。

戏还只演了一半。鲁达打郑屠也打得好玩：一拳下去，郑屠充硬汉，叫："打得好！"鲁达骂道："直娘贼，还敢应口！"又是一拳，郑屠讨饶。鲁达喝道："咄！你是个破落户，若是和俺硬到底，洒家倒饶了你。你如何叫俺讨饶，洒家却不饶你！"又只一拳，郑屠脑中就做开了全堂水陆的道场。

不讨饶，打；讨饶，还是打。消遣乎？戏弄乎？除恶务尽乎？可怜堂堂镇关西，经不起鲁达的消遣！消遣杀人，非泛泛之徒可望其项背也。

智杀赚取

　　冯梦龙编《智囊》，缀加的评语是叹为观止的妙文，史哲荟萃，精辟机趣。《智囊·胆智》"诛恶仆"条的故事是张咏将邻家恶仆借用一遭，"导马出城，至林麓中"，用袖椎将恶仆打下山崖。另一则是柳开考举人，将临淮令的恶仆借到柳住的客店里，深夜，"奋匕首杀而烹之"，次日还请临淮令等来一起吃驴肉。最后，令问仆安在？曰："适共食者也。"冯梦龙的评语是"亦智亦侠，绝似《水浒传》中奇事"。

　　胆智相生，亦智亦侠，这便是水浒人奇事连绵中的智局智量了。矜庄大吏的"智者风范"固然相去甚远，也与用军最精、驰誉丹青的"起、翦、颇、牧"的兵家名将不相连属。

　　就说杀人吧，水浒人杀人的计谋，并不以诡胜，而是敢胜。石秀杀裴如海算是大动特动脑筋了，所以回目上特标出"智杀"，与一般的"大闹"多出了许多谋划。

　　其实，无非是"警人"石秀比杨雄辈心细、警觉一些，石秀"张着了"潘巧云勾搭和尚的过程，"都看在肚里了"。石秀与李逵不同，比鲁智深也曲折些。石秀看在兄弟情义上将这件事告诉了杨雄，杨雄却是个肚里存不了四两素油的直肠子，夜骂潘巧云，次日却逐退了石秀。这也说明石秀的谋略有限得很，认人不明，计不得施，也没料到会吃那淫妇的暗算。但作者还是一味表彰他的"乖觉"，省得原委。不过，石秀能"我且退一步，自却别作计较"，已是水浒人中的智者了。等杨雄明白了真相再去剖白也算不简单了。

一般来说，杀人问题吃紧的是胆量，考虑后果才突出了智量。《水浒传》里像石秀这样能杀出个"无头案"来的事例太罕见了。相比那些明召大号地去杀人的、杀了人不是得跑就是去自首的，石秀此番杀和尚是隐蔽、漂亮的，两个赤裸的和尚尸体，又无苦主，那妇人"自不敢说，只是肚里暗暗地叫苦"。知府与当案孔目只能判了个"互相杀死"。石秀并没有因此成为杀人犯，非逃向梁山另建家园不可。石秀杀和尚时没用什么"赚法"，只是骗头陀"你快说！我不杀你"，结果还是杀了他。骗海和尚脱衣服，表示"只等我脱了衣服便罢"，结果衣服脱光之时也是和尚归西的时刻。骗，使事情进行得顺利多了。这场杀人智在不负后果，杀了白杀，赚了个没事。

石秀与杨雄不得不上梁山，是因为他们杀了巧云和迎儿，而且是剖腹剜心的虐杀，这就太不文明、太不理智了。

"花和尚单打二龙山"也是粗人用智的杰作。

原二龙山寨主不准鲁智深革命，像王伦一样采取"关门主义"，而且御敌于寨门之外，"那撮鸟由你叫骂，只是不下来厮杀"，坚壁不出以拒悍敌。智深一人气得正苦，来了想夺二龙山以安身的杨志。

林冲的徒弟曹正大概也从林冲处学了一点儿攻关夺隘的学问，又了解地形与敌将的心性，二龙山"若是端的闭了关时，休说道你二位，便有一万军马也上去不得。似此只可智取，不可力求"。曹正的计策是标准的亦侠亦智的民间兵法：献上鲁智深，赚开关口，见了邓龙以后，把索子拽脱了活结头，本是战利品的禅杖，立刻又变成了杀敌利器。想拿和尚心肝来下酒的邓龙，却被和尚一禅杖当头打着，把脑盖劈做两半个。

智取果然胜强攻多矣。

杨子荣是以献联络图为名上的威虎山。

勾践献西施于吴王夫差。

"宋祖知唐主酷嗜佛法，乃选少年僧有口辩者，南渡见唐主，论性命之说。唐主信重，谓之'一佛出世'，由是不复以治国守边为意。"

石秀退一步，智深被绑上，这唤作"委蛇杀人"：柔顺取容，然后，剑出鞘！

其实，最见杀人智术的是看不见的杀。如古语所说"学说杀人""以理杀人"。梁山好汉受招安而战死，不正是死于观念？

第四章　救人需手段

侠，是一种向死而生的活法，每分钟都在生死线上，举手投足，死神随之。他们蹈险境、处危境，是家常便饭。是否救护同志，乃义气之大节目。见死不救，却是杀人不眨眼的绿林好汉最不齿的行径。

杀人须见血，救人须救彻！

与之相反，没有侠性的巧人，首鼠两端，含混求容，两面光滑，揩油取利。他们既不明珠报德，也不匕首杀仇，血气全无，虽生犹死，均在看客、帮闲、篾片之属。他们极力远离生死场，却活得窝囊，死得窝囊。

鲁达为救金氏父女，打死郑屠，由提辖变成了和尚；大闹野猪林，救了林冲，就连和尚也当不成。历代读者没有为此而惋惜的，只有感佩、心仪！他，救人成功了，做人更成功了！他救史进失败了，做人方面却更感人了。

金圣叹本《水浒传》第五十七回中，鲁智深、武松到少华山接史进、朱武等到梁山泊入伙，史进却因刺杀贺太守被拿住监在牢里。朱武等请鲁、武二人上山，杀牛宰马管待。智深道："史家兄弟不在这里，酒是一滴不吃，要便睡一夜，明日却去州里打死那厮罢。"金圣叹对此感叹不已："句句使人洒出热泪，字字使人增长义气。"鲁智深不喝酒相当于少男少女们的殉情了，同样可叹的是其情深、其术浅。

第七十一回前，报恩救命的故事略少于报仇雪恨的。

救人是杀人的"天仙配"，只是杀了大半，救人孑遗。活一死万，但并非救人无术，当然也只是些绿林手段。

稳住甲，去救乙：笑里藏刀

最见宋江"好生了得"之处，是他智稳何涛时，其机警不亚于阿瞒见许攸诈称有粮的表演。

先是恭维何涛，套出情报：

> 宋江道："观察是上司差来该管的人，小吏怎敢怠慢。不知为甚么贼情紧事？"何涛道："押司是当案的人，便说也不妨。敝府管下黄泥冈上一伙贼人，共是八个……"宋江道："休说太师府着落，便是观察自赍公文来要，敢不捕送。只不知道白胜供指那七人名字？"何涛道："不瞒押司说，是贵县东溪晁保正为首。"
>
> ——《水浒传》第十八回

然后顺势设局，稳住对手，"信而安之"。宋江心中发慌，嘴上却答应道："晁盖这厮奸顽役户，本县内上下人没一个不怪他。今番做出来了，好教他受！"顺势帮骂晁盖几句，显示公人模样，增强何涛的信任感。又说捉他等容易："瓮中捉鳖，手到拿来。"给何涛一个定心丸吃，免得何涛心中无底，惶急拿人。接着却是轻轻一个

"拖延术"："只是一件：这实封公文须是观察自己当厅投下，本官看了，便好施行发落，差人去捉，小吏如何敢私下擅开！"这便是叫何涛等着。宋江说知县正休息，他过会儿来请观察，其实是"阴以图之"。何涛还得请"押司千万作成"。宋江还来个封锁消息，又是拉近乎又是讲原则似的："这件公事非是小可，勿当轻泄于人。"然而，他却"快件专递"，通报当事人去了。这样的押司后来就越来越多了，还有与贼本是一路的。只是沿着论理的老话说，宋江是帮扶正义的，因为晁盖劫的是不义之财。

宋江是个细密人，吩咐茶博士尽情上茶，又密嘱仆从拖去何涛。这叫作"备而后动，勿使有变"。宋江也很会作势："拿了鞭子，跳上马，慢慢地离了县治。"怕背后有眼，露了马脚。"出得东门，打上两鞭，那马不刺刺的望东溪村撺将去"，刚中柔外，马蹄不乱。

"信而安之，阴以图之，备而后动，勿使有变。刚中柔外也。""三十六计"中这几句"笑里藏刀"一计的释文不正是宋江"稳甲放乙"的贴切总结与概括吗？

宋江去救晁盖，是信息救人。

朱仝放晁盖，是棒下走人。也是"稳住甲，去放乙"，朱仝是虚应雷横，实走晁盖，还明卖人情，将他如何施用"敲山震虎"的方法哄走晁盖的过程原本地告诉晁盖，又掩护了晁盖一程，又错指方向，让雷都头奔向歧途。朱仝还像王连举自伤取信一样，"闪挫了左腿"。

此例事不胜枚举，举一示十尔。

脱卯处大有生意：假痴不癫及上屋抽梯

举凡救人，多是解脱官司，手法千般，但无非是上下其手，即所谓"做手脚"者。

然而成败如丝，验不一瞬，间不容发。须虑得密，各种情势，俱在掌握中；又须做得透，任何闪失疏忽，都是要断送性命的。然而，水浒人多下愚，脱卯事时常发生。

宋江在浔阳楼题了反诗后，从一个配军刑事犯升格成了政治要犯。蔡九知府差戴宗："快下牢城营里捉拿浔阳楼吟反诗的犯人郓城县宋江来，不可时刻违误！"

戴宗一如宋江给晁盖送信一样，先稳住其他做公的在城隍庙等他，他神速给宋江报信。宋江深知利害，"我今番必是死也！"二人却不及晁盖有胸襟胆量，宋江不敢走，戴宗出的主意也是蒙混过关，倒还当得起一计"假痴不癫"——"你可披乱了头发，把尿屎泼在地上，就倒在里面，诈作风魔。我和众人来时，你便口里胡言乱语，只做失心风便好。"

这个"假痴不癫"之计，对付蔡九那种智商低下者是绰绰有余的，却偏偏撞上一个整人有术的黄文炳。"黄文炳也是个聪明汉子，国家有用之人。渠既见反诗，如何不要着紧？宋公明也怪他不得。"

黄文炳立即断定宋江是"临阵装傻",宋江在大刑伺候之下,只得从实招了。

黄文炳不仅识破了宋江的"假痴表演",戴宗的骗人术也失败了,此番是"时间上的脱卯"。黄文炳还识破了吴用的上屋抽梯之计,此番是假文书上误用讳字图章出现了脱卯。

吴用请萧让假借蔡京名义,用蔡京口气给蔡九写信,指示蔡九:"妖人宋江,今上自要他看,可令牢固陷车盛载,密切差的当人员,连夜解上京师。沿途休教走失。"这是"置梯诱敌","假之以便,唆之使前",因势利导,调敌就范。信尾特书一笔:"黄文炳早晚奏过天子,必然自有除授。"满足黄文炳立功受封的私欲,诱使江州解宋江过来,让敌人"上屋",然后在山下伏击押解队伍,劫出宋江。那封假信也算"树上开花","其羽可用为仪也"。

谋出于智,成于密,败于露。送走戴宗,"众头领再回大寨筵席,正饮酒之间,只见吴学究叫声苦,不知高低"。嗟叹"是我这封书,倒送了戴宗和宋公明性命也"。信中那个"老大脱卯"被黄文炳抓住了。他以鹰隼的目光将信从头到尾扫视一遍,卷过来看了封皮,又见图章新鲜,便摇头道:"这封书不是真的。"第一,方今天下盛行苏、黄、米、蔡四家字体,蔡京字体谁不习学得,具有作案的可能性。第二,盖的图章是过时的,也是世人常见的,也具有作伪的可能性。第三,父寄书于子,须不当用讳字图章。吴用叫苦,就是因为省过梦来了,知道用讳字图章犯了错误。这个明显的纰漏,将导致满盘皆输。智多星,多出的那点智表现为在别人喝酒傻乐时,他在反思。由此可见成败如丝的紧要与微妙。

脱卯处的生意就在于成败如丝!它极脆弱,是真正的失之毫厘，谬以千里。戴宗设计的假痴不癫，吴用施行的上屋抽梯，都是水浒人中的高级复杂的计策，然而都失败了，所以不得不放出绿林手段了。

劫牢劫法场：釜底抽薪及浑水摸鱼

这不是智取了，是强攻。但也有些谋划，不过从设计到实施都是绿林手段，带有较强的"街死街埋，路死路埋"的特色。贴近"三十六计"中的第四套"混战计"。

《水浒传》一书中劫牢劫得最漂亮、最有意义的是第四十九回"孙立、孙新大劫牢"。强攻就怕遇上劲敌，而登州城只有一个人了得，就是本州兵马提辖孙立。把孙立争取过来，就完成了"釜底抽薪"——"不敌其力，而消其势"。

怎样争取孙立呢？便是军争之外的功夫了。

中国人的亲属关系是令外国的社会学家头疼的，一如中国的农民及其经济关系让外国的经济学家一筹莫展一样。原来，二解的姑姑是顾大嫂的母亲，二孙的母亲是二解的姑姑，而顾大嫂又与孙新是夫妻。顾大嫂与二解最亲，要救弟弟，孙新自然妻唱夫随，只虑孙提辖一个，弟弟便去"赚"哥哥回家商议此事。对孙立的直接威胁是宗法社会内，即使他不参与劫牢，也须吃连累，诚如他的弟媳顾大嫂所说："如今朝廷有甚分晓，走了的倒没事，见在的便吃官司！常言道：近火先焦。伯伯便替我们吃官司坐牢，那时又没人送饭来救你。"孙立长叹一声："你众人既是如此行了，我怎地推却得开，不成日后倒要替你们吃官司。罢，罢，罢！"外国人怎能读得懂其中的曲折原委。

从城里牢中救人，无异于从油锅中捞钱，眼疾手快是必然要求。"自古狱不通风"，无奈尖利之人来个无孔不入。顾大嫂乔装打扮切近牢房，孙立搞了个"引火烧身"，吸引牢吏注意，顾大嫂潜入腹地，率先发作，解宝枷未开即用枷梢把牢吏的脑盖劈得粉碎，顾大嫂戳翻了三五个小牢子，"一齐发喊，从牢里打将出来"。

"神圣不可侵犯的巴士底狱"便这样被攻克了。许多外强中干的事物都是纸老虎。清朝时林青还率七十余人攻入皇宫呢，它们平时显得高大是因为人们跪着的缘故。

所谓孙立、孙新大劫牢，只是二人助势，"州里做公的人认得是孙提辖，谁敢向前拦挡"。真正的主角是顾大嫂，李贽认为，许多戴纱帽的，不配给大嫂做婢。大嫂在先与不肯答应的大伯哥动刀相胁时，已赢得了这场"大劫牢"的胜利。所以，此次劫牢的关键是釜底抽薪，化劲敌为盟友，盗粮赍己。绿林手段的特色是胆胜智，胆生智。敢作敢当、当机立断就是智勇，就是过人之处，就取得了克敌制胜的前提，就能做出机械满胸的教条中人三辈子不敢做出的事迹。顾大嫂虽不是标名青史的巾帼英雄，却是可以入《智囊·闺智雄略部》的。

吴用救宋江欲智取，先骗人出来再中途拦截，因虑事不密，"诱敌"却成了"陷友"，不得不出死力去虎口拔牙。若不是当案的黄孔目与戴宗颇好，有意拖延，找出一串"国家忌日""中元之节""国家景命"等不可行刑的日头，则吴用的劫法场就是正月十五拜门神——过时了。多亏中国是礼教之邦，且历史悠久，忌讳多、节日多，否则黄孔目敢故意拖延吗？吴用脱卯，孔目弥缝：真是天机在其中了。"赝书舛印生疑惑，致使浔阳血漫流"。若吴用智术再精一点儿，将少流多少血！就这种血雨腥风的天地而言，智慧也是幸福的保证。更有不智者宋江，不配给顾大嫂做婢，若早日上山，何用此番杀戮？倒应了他的词句："血染浔阳江口。"

劫法场，从五百多士兵的刀斧丛中拔出宋、戴，是纯粹的胆胜智的选择。从梁山下来十七名头领，再领百余喽啰，便来冲州撞府劫法场，倘寡不胜众若何？李卓吾评曰："如此一算，便无胆略，便不是忠义了。"所以说，法场救人与其说见谋略，不如说见胆略。这正是绿林本色。

不过，毕竟有"略"，其一便是乔装打扮，瞒天过海，逼近刑场中心；其二是四面拢来，使官兵弹压不住，顾此失彼，蔡九知府也禁治不得，他的人虽多，却"阵无锋"，梁山人虽少，却形成了势大的兵形；其三，形成混乱之后便可以"浑水摸鱼"了，"乘其阴乱，利其弱而无主"，乱中"拔牙"。

历史上正规军作战，使用浑水摸鱼术占了便宜的有曹操奇袭袁绍囤粮地乌巢之"袭夜的行动"。曹令五千骑兵都伪装成袁军，打起袁军的旗号，借夜暗视度不良，偷越袁军防线，碰到袁军哨兵盘问，诈称是袁派的增援后军的部队，蒙混过关，顺利穿插到乌巢，突然放起火来。

梁山十七名好汉又扮成弄蛇的丐者、使枪棒的艺人、挑担的脚夫、普通商客，混入"水"中，先搅浑水，然后，"午时三刻"一到，一声锣响，四下一起动手，这些人都是来玩命的，打得积极、主动、有理想、有弹性。而官军怕死，主帅避危，人虽多又有什么能为？

更有计划外的一尊黑神来了个"中心开花",杀了个开门红,且先声夺势,一斧定音。

若无浑水闹客一起发作,李逵独自一人、两把板斧是救不了人的。石秀手段何尝在李逵下?却并未救了卢俊义。此番关键在于配合得好。吴用的浑水摸鱼之计是点睛之笔。

拔人之城而救人

《孙子兵法·谋攻篇》曰："上兵伐谋，其次伐交，其次伐兵，其下攻城。"以义气为重的水泊好汉，为救自家兄弟，顾不得什么"其下攻城"了。

《水浒传》第七十一回前，除了打东平、东昌两府是为了钱粮，其他攻城战都是为了救人。东平府开打之前还先陷了史进，后来救人也成了动力。打高唐州是为救柴进，打青州是为救孔明，打华州是为救史进、鲁智深，打大名是为救卢俊义、石秀……

打高唐州全靠会呼风唤雨的公孙胜斗法。公孙胜被金圣叹谑称为"备员"。其实这位备员倒体现着"梁山道"的公道原则：敌有妖人，这个备员才上场，敌行邪术，他才作法。第七十一回后的大战中均是如此。作法不是智谋，却曲近于科技，超越了运用原始武器进行肉搏战的作战水平，不妨以"科幻"目之。

宋公明一打大名府，属于孙子说的"城不拔者，此攻之灾也"。孙子又说："故善用兵者，屈人之兵而非战也，拔人之城而非攻也。"

打青州是"擒官兵先擒王"，设伏捉了呼延灼，再由他去赚开城门，十个头领跟了进去，一放火，一杀人，一座青州就"拔"下来了。没有出现"杀士三分之一"久攻不下的苦况。这应了杨志的判断，擒了呼延灼，觑青州如汤泼雪。打青州，虽曰攻城，实是"伐兵"，决胜于城外，城即一拔而下。三十六计第三套攻战计中的"擒贼擒王"的释文是："摧其坚，夺其魁，以解其体。龙战于野，其道穷也。"

打华州是先赚宿太尉的"金铃吊挂"，将华州府的太守等首要人物赚到庙里，一举拿下，也是决胜城外，比打青州更胜一筹，是"屈人之兵"而拔人之城的。李卓吾有言："如赚金铃吊挂，都是儿戏，无大干成大事。何也？只是才大、识大、胆大耳！"

打大名府是里应外合，"此处放火彼处杀人"，上文已说过。城已拔下，就救人人出，卷库库尽了。吻合了三十六计中第五计"趁火打劫"："敌之害大，就势取利。"

梁山军马之所以能救人人出，拔城城下，绝非偶然盲目撞大运之举。尽管他们胆胜智，但举措调度还是颇合兵法的，侧重智取，不搞"蚁附""人海"的消耗战。孙子曰："知胜者有五：知可以战与不可战者胜，识众寡之用者胜，上下同欲者胜，以虞待不虞者胜，将能而君不御者胜。"

梁山军队攻无不克的保证，是"上下同欲"。

为战之道，人和是本。

为救人而战，既是人和的表现，又扩大、巩固了人和本身。

第五章　朴刀杆棒中的生意

《水浒传》是一部英雄传奇，是中国长篇武侠小说的鼻祖，它的魅力全在第七十一回前的"英雄传"中，大聚义结成集团之后，英侠失去了个性，《水浒传》失去了光彩。《水浒传》拿手的是写三拳两脚，一刀一枪，个中不是没有"智"，但更核心的是"力"。

　　那么，力中之智，或曰"力之智"，不更是饶有"智趣"、旺人神志、启人慧关的动人境界？一般来说，智、力被庸人分成了两橛，智者无缚鸡之力，力者不解慧关三昧，所以这两类人均难成气候。

　　当我们看到吴用用"铜链"隔开雷横与刘唐的朴刀时颇觉意外，看到吴用从晁保正家中先押着金珠宝贝撤退时还拿了"铜链"，不禁悲上心来。这个还有着唐前儒生剑气侠骨的"知识分子"，不得不铤而走险了，或者说正因为他有剑气侠骨，才会这么做。

　　但这里要说的"力之智"，不是智多星层次的智，而是拳脚刀枪缝隙中闪烁着的智星慧火。

　　《水浒传》毕竟是"朴刀杆棒"类作品的典范。

后发制人

武学亦是无底洞，山外有山，楼外有楼，强中更有强中手。然亦有浅学自雄者，如史进初见王进、洪教头蔑视林教头。

史进学了一身"花棒"功夫，上阵无用只是好看，然而他哪里知道自己的棒法有破绽？不能虚怀若谷，功夫自难精进。习武之人，往往沉湎于"自勇"之中，虽然尚武之人以不畏葸为素质，但也须识得山高水低。若天下人都有自知之智、知人之明，社会发展将会少多少自重惰性！

史进可谓对王进再三小觑："你敢和我扠一扠么？""若吃他赢得我这条棒时，我便拜他为师。""你来！你来！怕的不算好汉！"拉开架子交手时，史进更是"先发制人"：先是把一条棒使得风车似的转，王进只是笑，不肯动手。后来，王进使个旗鼓，等史进进攻，既不投石问路，也不先下手为强，而是以逸待劳，静观其变：

> 那后生看了一看，拿条棒滚将入来，径奔王进。王进托地拖棒便走，那后生抢着又赶入来。王进回身，把棒望空地里劈将下来。那后生见棒劈来，用棒来隔。王进却不打下来，将棒一掣，却望后生怀里直搠将来，只一缴，

那后生的棒丢在一边，扑地望后倒了。

——《水浒传》第二回

用棒如用兵，瞬息不变，堂奥无穷。史进卖弄的是蛮勇，逞的是盛气，哪晓决定胜负的是智不是蛮力，所谓的真功夫、绝招都是充满巧智的。后来王进教史进把十八般武艺重新学得精熟，"点拨得件件都有奥妙"。"奥妙"二字用得极精当，作者是个行家。

王进为什么不先发制人，一棒掀翻后生呢？外因是太公面皮，并非你死我活的冤家遭遇战等，内因是对手乃狂躁轻进的后生，"骄兵躁之"，史进果然"滚将入来""抢着又赶入来"，已失去了量敌而进的章法，虽有旺盛的斗志，却变成了仓促迎敌："见棒劈来，用棒来隔"，不识虚实，被动又不会连着应变，单死死地来隔挡头上之棒，却留下前胸一片开阔的大空当，全力去架对手一个虚招，却还不出手来迎接实在的攻击。这不是卖个破绽，而是露出破绽，而且这么轻易地露出了破绽，他那一套先下手为强的气焰便成了一团愚蠢。后发制人的王进显得那么胸有成竹，轻松自如，不像个教头，却像个超然智者，调史进举棒来隔，史进便举棒，叫史进前胸空当，史进便毫无招架，所以"只一缴"，便见胜负。后发也有个先调，而且绝不是后而不发。后发的"后"是"后其身而身先"的那个"后"。

另一个"八十万禁军教头"胜另一个乡村武师也是如此，这就是林冲棒打洪教头。洪教头夜郎自大、粗鄙骄横，"歪戴着一顶头巾，挺着脯子"，目中无人惯了。林冲当配军也惯了，又是来打扰柴进，并错把洪教头当成了柴进的师父，故一再谦让忍耐，只等林冲看清柴进有意让他赢时，才使出手段来。洪教头先使出个"骄愤之极"（金圣叹语）的"把火烧天势"，林冲使个"敏慎之至"的"拔草寻蛇势"。然后，便是诱敌深入、后发制人：

> 洪教头喝一声："来，来，来！"便使棒盖将入来。林冲望后一退，洪教头赶入一步，提起棒又复一棒下来。林冲看他步已乱了，被林冲把棒从地下一跳，洪教头措手不及，就那一跳里和身一转，那棒直扫着洪教头臁儿骨上，撇了棒，扑地倒了。
>
> ——《水浒传》第九回

洪教头步步进逼，林冲节节后退，但不是败退，而是为拖出敌人的破绽来，犹如大兵团作战，拖出敌人空隙漏洞来分割包围，聚而歼之。后发正是为了沉重地打击敌人，不打则已，打必取胜。打得无关痛痒，打得有害无利，就绝对不如不打。后发制人体现着两条基本的兵家原理，一是不打无把握之仗，二是不打消耗战，蚀本主义大不智。不管实力多强，待机乘隙都是必要的。

史进、洪教头成了轻举兵锋、刚愎而败的教员。

武松的真才实学

武松是个视兄如父的至情至性之人，他以寻兄出场，又以替兄报仇杀人而告别正常人的生活。提起武松，人们立即想起一串脍炙人口的惊险激烈的故事：徒手打虎、杀奸报仇、醉打蒋门神、血溅鸳鸯楼。水浒人中标准的武侠首推武松。《水浒传》之所以被誉为杰出的英雄传奇，就因为它展现了一系列奇人、奇事、奇情、奇景，而武松是奇之最者。

若真是两手攥空拳去打饿虎、怒虎，则是无赖矣。武松绝非这等莽汉，他是个相当"机密"的人，只是爱脸面，虽仗着酒力、哨棒，但看见官府榜文，他也生退却之心，又怕吃酒家耻笑，又毕竟是明知山有虎，偏向虎山行的好汉。打虎当然首先得有英雄虎胆，但是"凡任天下事，皆胆也；其济，则智也"。武松最终克虎制胜，是靠真功夫，靠聪慧的头脑和非凡的臂力。

"履虎不咥，鞭龙得珠。岂曰溟涬，厥有奇谋。"支撑武松神威取胜的是智量。

不智则不胜。武松对强敌——猛虎也是后发，"一闪""一躲""又一闪"，闪展腾挪，避开了老虎拿人的绝招。在兵学中，这叫"避其锐气"。别看说着简单，小说也写得朴实，其实谈何容易。闪开虎声虎势虎扑，无胆无智无功夫行吗？武松毕竟是大侠，闪到虎后，而不是虎前。哪知老虎的连发动作第二招正是用后腿来"掀"，当者披靡，比一般武人的撩腿后踢的威力大多了。武松也身手不凡，而且紧张不丧智，"只一躲，躲在一边"。老虎用铁棒似的尾巴来了个"扫堂腿"，武松又闪在一边。"原来老虎拿人，只是一扑、一掀、一剪，三般捉不着时，气性先自没了一半。"武松终于有还手之机了，却下得狠、丢了本，"尽平生力气，只一棒"，就把棒打断了，于是有了徒手搏虎。武松"揿虎揿头"，是一智，先用脚踢虎眼，是二智，偷出右拳来是三智。而那"铁锤大小拳头"是真功夫。作者用词也颇别致：说武松"仗胸中武艺"，半歇儿把大虫打作一堆，却似躺着一个锦布袋。武艺，不在拳脚，而在胸中，说出了勇寓于智的关系。武松打虎，已成为神威的别名，个中的智星慧火也不可忽视。他若不是"避其锐气"，让过那一扑、二掀、三剪，便再有神力也难挡虎爪的猛锐。武松打虎虽是后发却不失时机，用"三智"来概括虽显幼稚不当，但毕竟显示了人高于虎的智能，当然不是武大那种人，而是武二这种人。

最见武二智局的是他杀奸报仇时表现出来的"机密"，当然不是福尔摩斯式的，而是中国特色的"侠客办案"，也是武都头"真才实学"的一部分。

和武松"放对"的不是西门庆、潘金莲，而是王婆。袁无涯说她是"风情中智囊第一"。她的确也是个市井中的狡狯人物，她一见西门庆往上凑合就暗暗地欢喜道："这刷子当败！"她自称："老身异样跷蹊作怪的事情都猜得着。"西门庆让她猜心事，她笑道："老娘也不消三智五猜，只一智便猜个十分。"果然一语破的，于是被西门庆誉为"智赛隋何,机强陆贾!"她与西门庆各有所图,金圣叹的回评写得妙:"通篇写西门爱奸,却又处处插入王婆爱财,描画小人共为一事而各为其私,真乃可丑可笑。"王婆献上"十分挨光计",并自诩此计"虽然入不得武成王庙,端的强如孙武子教女兵,十捉九着"。害死武大,潘氏是直接犯罪,王婆却是主谋。王婆也怕武二侦查出真相,所以可谓"精心设计",指挥淫妇荡子精心施工:先使谋杀现场不留痕迹,再使哭丧送葬煞有介事,并迅速焚尸扬灰,并让西门庆立即去打点何九叔,而且她还知道这是最要紧的。至此,她这"瞒天过海"之计可以说是滴水不漏。

武松先是"依法办案",取了捉奸及尸骨这一首一尾的证词。当然,他取证的过程全是侠客风光。何九叔胆小,武松亮出尖刀;郓哥家贫,武松赠银,而且发自肺腑地一口一个"兄弟"称他,已成配军后还不忘记兑现诺言,给郓哥十三两银子养活老爹。正是后者使武松这个"凶神"显得极可敬爱,闪烁着"布衣之侠"的传统光辉。可是,依法办案的正轨走不通了。真实的原因是贪贿,说出的理由却是条例:"但凡人命之事,须要尸、伤、病、物、踪五件事全,方可推问得。"侠客便只有用自己的力量,按自己的意志去了结仇怨了。邀邻会审,录取口供,是半官半侠的风格。王婆、潘氏都从西门庆那里得知武松告状失败了,故而不但松了心,还在看武松的笑话。老奸巨猾的王婆欣然前来赴宴,而不去潜逃,真是利令智昏了。让读者忍俊失笑的是最后却是王婆被正了法,给剐了。这也算武松一智,他始终不杀她,主要是为了让她当活人证,直接当事人都死了,她是唯一能够说清奸谋全过程的罪犯、证人。她却又不是武松的直接对头,武松直接杀之,过分。因为武松还要去自首的,杀了她便既灭了证人，又加了罪责。武松眼看剐了她时，可曾想起吴起临死时"拖贼下水"的术智？有人暗杀吴起，用乱箭奇袭吴起，吴起迅速跑到刚死去的皇帝遗体旁，射吴起之箭有落于王尸者。新王立，以射王尸罪，诛杀数十人，吴起借此报了杀身之仇。武松也许还不知道这个故事。

武松是力的化身。他报仇杀嫂以力，却无须力，杀西门庆也不是凸显武松神力的契机，因为武松杀他们都只是举手之劳。武松此番杀人是恃力用心，但还不足以见其真才实学的神韵。

武松杀了两个人，却没有偿命，多亏了县、府两级官员的周全，法律被他们玩弄了，而这次他们保护的是好汉。武松被脊杖四十，却只有五六下着肉。最后武松带了行枷上路。于是，有了武松反赚孙二娘的戏剧性遭遇，显示着武松胜过其他好汉的侠智。

武松具有走江湖的经验，这一点他胜鲁智深一筹。首先，武松知道十字坡的厉害："大树十字坡，客人谁敢那里过？肥的切做馒头馅，瘦的却把去填河。"本来孙二娘应该适可而止，知道这个贼配军不是个善茬儿，得缩手即缩手算了，还依然瞧得那包裹紧。不过，"英雄做事，岂泛泛哉！"侠人不同于凡人。

武松先来个"打草惊蛇"，故意撩拨孙二娘下手。他机警地发现馒头馅中有人毛，知道是入了贼店，却来调戏老板娘：你家丈夫不在，你一个人多么冷落呀！孙二娘却笑着寻思道：这贼配军不是作死，灯蛾扑火，惹焰烧身，于是劝客官"便在我家安歇不妨"。武松的机密处在于他敏锐地发现了"这妇人不怀好意了"，却又和孙悟空似的"你看我且先要她"。于是，引蛇出洞，要好酒，浑些不妨，还要热的。两个公人成了他演戏的道具，他们先喝了，取信于孙二娘。武松却巧妙地把药酒泼了，口中虚把舌头来咂道："好酒！还是这酒冲得人动！"然后往后扑地便倒，这是"漏赚人下手"。孙二娘知己不知彼，赤膊拿行货，却自讨其辱。武松若没实才真学，焉能活得过十字坡，还结识了这阿兄、阿嫂，日后被他们搭救？武松的真才实学，不是考秀才，而是用于闯江湖，这颇符合颜李学派"做事即学问"的教义。

戏耍孙二娘只是插曲，在"打翻拽象拖牛汉，撅倒擒龙捉虎人"的格斗中，才真正看出武松真才实学的用武之地。不做秀才耍，不要儿女相，"颠倒恁地，不是干事的人了！"有真才实学的大侠只热爱一种事业："双拳起处云雷吼，飞脚来时风雨惊。"

　　蒋门神见了武松，心里先欺他醉，只顾赶将入来。说时迟，那时快。武松先把两个拳头去蒋门神脸上虚影一影，忽地转身便走。蒋门神大怒，抢将来，被武松一飞脚踢起，踢中蒋门神小腹上，双手按了，便蹲下去。武松一提，提将过来，那只右脚早踢起，直飞在蒋门神额角上，踢着正中，望后便倒。武松追入一步，踏住胸脯，提起这醋钵儿大小拳头，望蒋门神脸上便打。原来说过的，打蒋门神扑手：先把拳头虚影一影，便转身，却先飞起左脚，踢中了，便转身来，再飞起右脚。这一扑有名，唤做"玉环步，鸳鸯脚"。这是武松平生的真才实学，非同小可！

　　　　　　　　　　　　　　——《水浒传》第二十九回

相扑以巧智

徒手相搏，乃世人直接较量的最原始手段。

这似乎只是力量的角逐，孰知举手投足皆关乎智。

所谓功夫云者，就是力气加技击。而仅凭功气是不足以取胜的，不信你看擎天柱任原！他与燕青不是一个重量级的，宋江劝阻燕青："贤弟，闻知那人身长一丈，貌若金刚，约有千百斤力气，你这般瘦小身材，纵有本事，怎地近傍得他。"燕青道："不怕他长大身材，只恐他不着圈套。常言道：相扑的有力使力，无力斗智。非是燕青说口，临机应变，看景生情，不倒的输与他那呆汉。"

呆汉任原却是"相扑世间无对手，争交天下我为魁"，蝉联两年相扑冠军了。此人气魄雄伟，粉牌上写着"拳打南山猛虎，脚踢北海苍龙"。燕青与他不成比例，是上至知州，下至店小二都反复申言的，他们再三劝阻燕青不要送死。这方面的铺垫渲染之多与相扑场面的描写之少是不成比例的。作者文心巧，燕青扑得巧：

> 当时燕青做一块儿蹲在右边，任原先在左边立个门户，燕青只不动弹。……任原暗忖道："这人必来算我下三面。你看我不消动手，只一脚踢这厮下献台去。"任原

看看逼将入来，度将左脚卖个破绽，燕青叫一声："不要来！"任原却待奔他，被燕青去任原左胁下穿将过去。任原性起，急转身又来拿燕青，被燕青虚跃一跃，又在右胁下钻过去。大汉转身终是不便，三换换得脚步乱了。燕青却抢将入去，用右手扭住任原，探左手插入任原交裆，用肩胛顶住他胸脯，把任原直托将起来，头重脚轻，借力便旋，五旋旋到献台边，叫一声："下去！"把任原头在下，脚在上，直撺下献台来。这一扑，名唤做鹁鸽旋。数万的香客看了，齐声喝彩。

——《水浒传》第七十四回

　　燕青打的是以小战大、以弱胜强的游击战。因为他质量小，绝不打硬碰硬的攻坚消耗战。他先是调动敌人，继之扰乱敌人，敌人势大，则蹈其虚位，"大汉转身终是不便"，任原的优势变成劣势，自家弄乱了脚步，立身不牢，周身不得协调，遂有劲使不出来。燕青却乱中取利，乘虚借势，一个"单挎"，将擎天柱扛起，借一丈高的任原倒身动力，旋了任原一个自家摸门不着，偌大的一个金刚就这样被一个货郎给头朝下栽了下来。

　　燕青始终运用着骄兵心计。他打扮的"村村朴朴"，去任原下处张看，任原大骂，"燕青低了头，急出店门，听得里面都笑"。并不争雄逞气，一派孱弱可欺的样子。及至上了献台，脱膊下来，"任原看了他这些花绣，急健身材，心里倒有五分怯他"。虚骄变成了心虚，步法不乱得快些？这些场外的心理战，不也是燕青说的"圈套"的构成部分？

《水浒传》作者对燕青极为心仪："他虽是三十六星之末，却机巧心灵，多见广识，了身达命，都强似那三十五个。"旧评点家们也公认燕青有不可及之处。

月印百川、理一分殊，兵理拳理，原是一理。请看《孙子兵法·计篇》中这段话，不正是对燕青胜扑的最好的"科学总结"吗？当然更是燕青的扑功扑法印证了孙子的话：

> 兵者，诡道也。故能而示之不能，用而示之不用，近而示之远，远而示之近。利而诱之，乱而取之，实而备之，强而避之，怒而挠之，卑而骄之，佚而劳之，亲而离之，攻其无备，出其不意。

上献台后，燕青还蹲着不动弹，还是一副货郎气象，这都是"能而示之不能，用而示之不用"。不扑，不交手，只钻胁来回穿，既是"强而避之"，也是"怒而挠之"，还是"亲而离之"，使丈高金刚周身失调，步法乱了。钻裆单挎之"攻其无备，出其不意"，就一举告成。这就是燕青说的"临机应变，看景生情"。任原未必比一般人呆，只是燕青敢来跟他放对，燕青不是蔑视他那"千百斤力气"，而是蔑视他智商不高，燕青本是来斗智的。任原力足缺智，终成输家，被李逵用石板砸烂，则是死于只有蛮力也。

卖个破绽

"卖个破绽"这个短语是《水浒传》中高频出现的术语，意谓两人交手时，故意出现漏洞，赚敌下手，那漏洞，其实是有意摆布的陷阱。破绽，本指衣裳上的裂缝，引申为语言行动中不周到之处，犹言漏洞。这个短语的关键是"卖个"。

大凡克敌制胜，一是使敌"不及"，一是使敌"过"。过犹不及，都是过当、失着，这时才会得手。

《水浒传》中有多少人死于"措手不及"，恐怕只有电脑才统计得出；又有多少人上了对方"卖个破绽"的当，也只能用电脑来统计了。大凡功夫对比悬殊者，劣者往往招架不了几下，刀来或拳到之时，措手不及，败北或丧命。能过若干回合者，则总有一方"卖个破绽"智取了对方。

这样的例子不胜枚举，如林冲战一丈青："两个斗不到十合，林冲卖个破绽，放一丈青两刀砍入来。林冲把蛇矛逼个住，两口刀逼斜了，赶拢去，轻舒猿臂，款扭狼腰，把一丈青只一拽，活挟过马来。"卖破绽大凡如此，漏赚、进逼、下手。孙立为显示忠诚，在祝家三子面前，与石秀大战五十回合，"孙立卖个破绽，让石秀一枪搠入来，虚闪一个过，把石秀轻轻地从马上捉过来"。

两勇相争智者胜。

与卖个破绽相对的是露出破绽，立蹈败地。力怯、招架不住，或功法不高、武艺不精，交手即被人瞧出短处，抓住要害，岂能不败？

武术，哲理性相当强。中华武术，是窥视中华哲学的绝佳窗口，是那实用理性的生死攸关的显现和论证。

第六章　倾险变诈：暗处的功夫

"官僚虽然依靠朝廷，却并不忠于朝廷，吏役强然依靠衙署，却并不爱护衙署，头领下一个清廉的命令，小喽啰是决不听的，对付的方法有'蒙蔽'。"（《南腔北调集·沙》）

不止这些。

明代刘仕义说过一段挺有意思的话："有言看《水浒传》可长见识者，曾借观之。其中皆倾险变诈之术，兵家用诡之道也。施耐庵真奸雄哉！然人生何处不相逢，此意叠叠而见，亦处世者所当知也。"（《新刊玩易轩新知录》卷十九）

刘仕义当然是把梁山泊首领们的"大赚小赚各种智赚"都列入"倾险变诈之术"了。尽管要区分《水浒传》中各种行为的正义与邪恶须先设定、辨明标准，但我们还是能够较为容易地分清英雄好汉与王八蛋的界限。

这里专表王八蛋们的"倾险变诈之术"，这是处世更当知之者。冯梦龙有言："小人无才亦不能为小人。"高俅多才多艺，蔡京以书法名世，而且四贼皆是钻营高手，不然中华人物何其多，焉能由他们爬到最高层！

高俅、蔡京皆有上智。蔡京夤缘新党、旧党之间，立稳脚跟后又翻脸不认人，尤其收拾司马光一党心狠手辣。不会折冲，无权奇之胜，能在宦海中漂得高兴？高俅亦是知微见机的机灵人，最后装病辞官得以善终。这类人与晁错正好相反，晁错是筹国颇智，卫身偏愚；此类人是卫身颇智，筹国偏愚。道君皇帝偏用此等人，其身不北狩，还有天理不？

大一统的宗法社会什么都是成龙配套的。奸贼当国，冠屦倒施，"倾险变诈之术"还不是俯拾俱是的高产、土产的名优产品？

夹带

西门爱奸，王婆爱财，于是奸祸遂起。

主子使气，奴才揩油，于是干没（贪污）中饱之网密不透风矣。

层层"夹带"，各尽所能，各取所需，巧人坏尽天下事。道君皇帝用四贼，四贼则非亲不进，非财不用。四贼纳贿用人且不说，他们常有受了贿并不给人办事时，这绝不是他们原则性强，而是他们太流氓。且看他们所进之亲：蔡京的女婿梁中书、儿子蔡九是知府，华州贺太守只是他家的门人。东平府的程太守是童贯的门馆先生，高唐州太守高廉是高俅的兄弟，高廉还有个小舅子应天锡。上梁不正下梁能正？连莽汉李逵都知道："条例，条例，若还依得，天下就不乱了！"粗人有大智，未受奴化教育故。

阮小二骂王伦等"这几个贼男女聚集了五七百人，打家劫舍，抢掳来往客人。我们有一年多不去那里打鱼。如今泊子里把住了，绝了我们的衣饭，因此一言难尽！"作者没写晁盖、宋江把住了泊子后还让李小二、马小三打鱼不，且说现在的贼男女固然不是好东西，他们是匪嘛。那官府呢，他们应该除暴安良吧？且听阮小五怎么说：

如今那官司，一处处动掸便害百姓。但一声下乡村来，倒先把好百姓家养的猪羊鸡鹅，尽都吃了，又要盘缠打发他。

要捕盗时便稀松透顶了，吓得尿屎齐流。

为捕盗或办案下乡来，不为保护百姓也罢，官差的工作范围却是并不包括搜刮百姓的。明为此来，却带彼走，这便是夹带，一箭双雕，一石数鸟。个中有术乎？聊算作术罢，其实主要是寡廉鲜耻。大葬良心大发财，小葬良心小发财，心毒、嘴辣、手长即可，而且"阎王不嫌鬼瘦"，连死到临头的犯人的钱都敲剥不已。

官法夹私，奸人便来挟金走私门。李固占了卢俊义的老婆与家财，又找到狱吏蔡福，献上五十两蒜条金，要求"今夜晚些"在狱里致卢俊义于死地。蔡福的答词最见巧智，满口堂皇之言，目的却是加价：

> 蔡福笑道："你不见正厅戒石上刻着'下民易虐，上苍难欺'？你的那瞒心昧己勾当，怕我不知？你又占了他家私，谋了他老婆，如今把五十两金子与我，结果了他性命。日后提刑官下马，我吃不的这等官司！"李固道："只是节级嫌少，小人再添五十两。"蔡福道："李固，你割猫儿片拌猫儿饭。北京有名恁地一个卢员外，只直得这一百两金子？你若要我倒地他，不是我诈你，只把五百两金子与我！"李固便道："金子有在这里，便都送与节级，只要今夜晚些成事。"蔡福收了金子，藏在身边，起身道：

"明日早些来扛尸。"

　　若不是柴进又送与蔡福一千两黄金，还有梁山洗城为外交后盾，则李固次日也就扛尸完事了。结果原告、被告都送礼，官府便开始"踢皮球"了。最后应了蔡庆的安排：将卢俊义发配，救得救不得，是梁山人的事了。有诗为证："若非柴进行金谍，俊义安能配出来。"蔡家兄弟两面受贿，净赚一千五百余两黄金，聪明不聪明？比西门庆开生药铺赚钱快多了。蔡家兄弟仅仅是行刑的刽子手，在等级社会中地位是相当低的。他们只要敢于、善于挟私夹带，便有黄金滚滚来。

　　夹带现象是一门大学问，水浒人做得最坦率罢了，不是最优秀、微妙、不着痕迹者。汉高祖要废赵王，另立太子，张良设计，请"四皓"来为赵王做门面，高祖感到赵王羽翼已成，遂罢议。冯梦龙却说，四皓明为赵王来，实为子房来。子房随后而隐之。这才是高级的夹带术。

　　共为一事而各为其私。

第六章　倾险变诈：暗处的功夫 | 101

反诬

　　周密的反诬是最有倾陷之效的，也是标准的变诈之术，英雄好汉也不时一用，如张顺杀妓女后，用血写在墙上的是"杀人者，安道全也"。总体上说好汉很少用这种办法，像"杀人者，打虎武松也"这种磊落气象居多。一般来说，好汉用此法是为了"赚人"，王八蛋用此法是为了自保。王八蛋们都是卫身偏智的。

　　杨志忠心耿耿，千方百计地护持着生辰纲，老总管与众军汉不听他的言语，结果面面相觑，眼看着卖枣的客人放下枣袋，推走了金银珠宝。杨志悲愤至极，几寻短见，最后长叹一声，走下黄泥岗。

　　　那十四个人直到二更方才得醒，一个个爬将起来，口里只叫得连珠箭的苦。老都管道："你们众人不听杨提辖的好言语，今日送了我也！"众人道："老爷，今日事已做出来了，且通个商量。"老都管道："你们有甚见识？"众人道："是我们不是了。古人有言：火烧到身，各自去怀；蜂虿入怀，随即解衣。若还杨提辖在这里，我们都说不过。如今他自去的不知去向，我们回去见梁中书相公，何不都推在他身上。只说道：他一路上凌辱打骂众人，逼迫的我们都动不得。他和强人做一路，把蒙汗药将俺们麻翻了，缚了手脚，将金宝都掳去了。"老都管道："这话也说的是……"

——《水浒传》第十七回

于是，杨志成了失陷生辰纲的贼头，梁中书恨他胜过吴用等"正贼"。杨志能不落草吗？

严世蕃下狱后，一干文臣秀士舞文弄墨，历数他陷害杨琏等诸多罪状，让徐阶代奏。徐阶问他们："你们是要世蕃死呢，还是要他活？"众人说，当然是要他死了。徐说："你们这么写只能救活世蕃，因为这些勾当都是揣摩皇上心思干的。你们写这些等于营救他。现在最厉害的罪过是私通倭寇，皇上最忌讳的是这个。你们就单说他这个就行了。"严世蕃在狱中还挺高兴，他知道皇上看到起诉他的那些罪名，反而会宽大处理的。结果，徐阶晚上改了条陈。次日，皇上批下来了：严世蕃通倭，死罪。严世蕃伙同其父严嵩干了许多罪恶勾当，但他并没有私通倭寇。但是，他因此罪名而被处死了。

潘金莲勾引武松不遂，心里眼中再也容不下个武松，于是装成受侮辱受迫害的可怜样子，反说武松调戏她。也因为她预感武松会搬走，也怕武松说出真相，她便来个恶人先告状，反诬武松没脸见哥哥。

不过，武大比杨雄那个"糊突桶"透亮，他有知人之智，坚信弟弟不是那等人。武大对老婆那般骂武二，也略有感觉，但武大毕竟是个窝囊人，"心中只是咄咄不乐"罢了。

杨雄与石秀只是结义弟兄，相知也浅，故而被潘巧云离间成功。杨雄是个豪杰，却只表现在他忍不了气，先骂潘氏一场，泄露了机密，给潘氏提供了反败为胜的契机。潘氏反诬石秀调戏她，杨雄便信以为真，驱逐石秀出门。石秀不得不杀和尚来洗刷自己蒙受的污垢。

　　但两个姓潘的女性都算反诬成功。如果她们警觉一些，不再自作孽，她们也算是保护了自己。石秀若杀不着裴如海，他还能证明自己清白吗？杨志不就是有口说不清吗？

驱狼吞虎

"驱狼吞虎"是《三国演义》中常用的韬略。

《三国演义》中那么多机智的故事，几乎可以用一个"借"字来概括其用术斗智的规律。外戚借外镇来铲除十常侍等宦竖的势力，虽是驱狼吞虎，却弄了个虎去狼来。王司徒巧设连环计，也是借贼制贼。尔后的借兵、借粮、借箭、借东风、借天子令、借力打力、借吴抗魏、借蜀抗魏，等等，都是借！驱狼吞虎是险招，但以正合，以奇胜正是兵家规律。

《水浒传》中最大的驱狼吞虎之计便是宋江等去征大辽，打田虎、王庆、方腊。征大辽有作者的民族感情在内，有当时的历史氛围，这是另一个问题。这里要说的是另外的问题。

人生是一段选择的过程，然而似乎只是个两害相权取其轻的选择过程。宋江辈受了招安，权臣不容，反诬宋江等贼性不改，勒令旧军官仍回原处，余者分五路遣散开去。用后起的术语说这叫改编梁山军马。这固然是收编"匪部"的聪明办法，但对于忠心报国的梁山人来说，这是居心叵测的分而制之。此时，宿太尉能奏请皇上让宋江等去征辽，对宋江等便是天大的好事了，他们一致认为"太尉恩相力赐保奏，恩同父母"。这是让人悲不得、喜不得的悲喜剧。

"遇宿重重喜"，宿元景一直扮演梁山好汉的救星角色。其实对梁山人坑害最深的正是此人。没他，招不成安，也打不成方腊。好人的良好动机有时比坏人的杀机为害还深。童贯等想调散军马，梁山人便想回梁山泊去，他奏请皇帝传旨"赚入京城，将此一百八人尽数剿除"。这也会激起兵变，如宿元景所说："倘或城中翻变起来，将何解救？"宿元景的驱狼吞虎之计，既为圣上分忧，又替好汉请命，两全其美，龙颜大悦，"草寇"谢恩，赚得宋江等"敢不竭力尽忠，死而已"！

征辽事刚结束，宋江等便请命去打田虎，报国还得走后门，当"狼"还得请求恩准。凯旋后，又是四贼作梗，不封官爵。然后是侯蒙荐举宋江等去打王庆。四贼来了个"顺水推船"，不但同意让宋江去征讨淮西，还将敢于批评他们的侯蒙、罗戬一并送上征途，"只等宋江等败绩，侯蒙、罗戬怕他走上天去！那时却不是一网打尽"。又是一番驱狼吞虎的血战，阵上王庆军骂梁山人曾经是草寇，梁山人骂王庆军现在是草寇。草寇相残，四贼坐山观虎斗、坐收渔利，皇帝下旨派走宋江等去剿匪，他就到艮岳娱乐去了。

宋江等打完王庆，又不得封赏，还不准进城，众人皆有反心，宋江却执意当忠臣，众人也只好跟他一起下地狱。吴用本是智多星，也为有当狼的机会而高兴，他说知宋先锋，宋先锋召集诸将商议，"尽皆欢喜"。又是请宿元景保奏，又是谢龙恩、谢恩相。卢俊义说："如无本事，枉自有人提挈，亦作何用？"宋江道："贤弟差矣！我等若非宿太尉一力保奏，如何能够天子重用，为人不可忘本！"卢俊义自觉失言，不敢回话。

看看这顺遂变形的厉害劲儿吧！起初是官家"驱狼"，后来就变成了"狼驱"，当了狼之后，还得不能忘本，还得感激受重用！倾险变诈之术，积非成是，俨然皇家坦途了。宋江等不觉得是去送死卖命，反而有御赐禁中驰马的荣幸！

天底下有多少本末倒置、是非颠倒的现象！

妓女对嫖客也是千谢百谢的，勾挽得侮辱她们的人常来纵欲。

延挨

在一个因循苟且、僵化呆滞的政治系统中，"延挨"成为上智高着，只有找死的人才着急。

宋江着急，如李逵所说："今日也要招安，明日也要招安，讨得招安了，却惹烦恼。"蔡京等四贼，误国有术，今日也拖延，明日也拖延，将大宋王朝给拖垮了。

以四贼的逻辑，他们拖着不办是聪明的，是得计。国家受损失，他们不管，他们能保住乌纱，便万事大吉。国家残破，自有傻子宋江辈去"保境安民"。四贼是专给在前方拼杀的人背后插刀子的，坐稳官的却正是他们。坐不稳奴才地位的是宋江等。

宋江等"改邪归正"，"打着两面旗帜：一面上书'顺天'二字，一面上书'护国'二字"，到京师投诚。皇帝未花"练饷"，却平添一彪虎师，自是高兴，"天子欲加官爵，敕令宋江等来日受职"。枢密院官也有抗旨的气魄，具本上奏："新降之人，未效功劳，不可辄便加爵，可待日后征讨，建立功勋，量加官赏。"

征辽成功，"天子特命省院官计议封爵，太师蔡京、枢密童贯商议奏道：宋江等官爵，容臣等酌议奏闻""不觉地过了数日，那蔡京、童贯等那里去议甚么封爵，只顾延挨。"他们倒不是怕鹰吃饱了不抓兔子，他们只怕鹰吃饱了，飞得更高，更能抓兔子。皇帝屡屡训斥他们"嫉贤妒能、闭塞忠路"，却并不加罪。他们怎能不援例屡用延捱术？

打完田虎，皇帝又表示要给他们点儿甜头，让他们"班师回家，封官受爵"。蔡京等来了个绝户计：让宋江等不必班师回京，而是星夜驰赴剿王庆的战场；又以宋江等正在征剿为由，表示"未便升受，待淮西奏凯，另行酌议"。这真是流氓有术：先给你脸上抹片黑，再因为这片黑打你。所谓"待淮西奏凯"云云，也不过是给拉磨驴眼帘上挂红辣椒，是诱使前进的意思。"原来蔡京知王庆那里兵强将猛……只等宋江败绩。"打完王庆，"天子特命省院等官计议封爵，太师蔡京、枢密童贯商议奏道：'目今天下尚未静平，不可升迁'"。

流氓的最大特点是永远有理由。劳而无功，宋江以下，皆有反意，若他们真再度造反，那四贼反而是"忠言最早"、一贯正确的了。杨国忠逼反安禄山本为了落个"忠言最早"的大功劳，却没想到弄了个身首异处。陈玄礼他们像徐玠一样，也给杨弄了个"里通外国"的罪名。宋江辈不得近幸倚重，无法给四贼使绊子，只能被四贼撮弄，吃尽暗亏。

打完方腊，一百单八，只有二十七人见存，这回确实受了封赏，四贼作梗不得，便下毒手，毒死宋、卢等——四贼害人时就不延捱了。宋江等不得官爵还死不了呢。这比狡兔死、走狗烹还差一截。宋江们始终未得到过狗的殊荣，他们只是野狼，虎亡狼接宰，宰他个摸门不着。

延捱本不是术，术都是有效率、见效果的，孰知在封建王朝，延挨最有效果。正途升官也是挨年头，比身体，熬资格。不信，你去看看龚自珍的《明良论》，其中对封建官制的晋升标准及过程有着生动的描绘。学会延挨，让时间解决一切问题，是封建官僚们的不传之秘。

第七章　螳螂捕蝉

"冯子曰：自有宇宙以来，只争明、暗二字而已。混沌暗而开辟明，乱世暗而治世明，小人暗而君子明；水不明则腐，镜不明则锢，人不明则堕于云雾。"（《智囊·明智》）

其实小人之暗正是其精明过人之处，玩阴谋，用无影刀，以无形示人，人不可把捉，反受其撮弄。小而言之，高俅害林冲，大而言之，四贼收拾一百单八将，都是如此。

明胜暗是正道战胜邪道，社会的发展、进步赖此。暗胜明是阴谋战胜光明正大，邪佞战胜忠贤，社会的停滞、混乱因此而生。

明胜暗合目的，当它也是事实时，是治世，是太平盛世。暗胜明时，则是末世、乱世。明人遂有"天道可疑"之叹。

宋江渐消一百单七之桀骜之性，是明胜暗，还是暗胜明？四贼驱狼吞虎，让梁山军民十去其八，是暗胜明，还是明胜暗？

暗，有时是装出来的，实为"诈愚"。

蒙恬倾秦之兵出师，在故园广置田产，以安秦皇之心，萧何也用这种办法让汉高祖释然。王羲之眠于王敦帐中，王敦与人议造反事，忽想起帐中有耳，"不得不除之"，王羲之深知闻所论，无活理，乃吐污头面被褥，诈熟眠，王敦见吐唾纵横，信之，未杀羲之。

老诈之人多呈痴呆状。蔡京在朝会时，久久盯着太阳，眼珠一转也不转。宋江在有些时候也痴呆得可以，那叫作："恰如猛虎卧荒丘，潜伏爪牙忍受。"

伏机自触

潘金莲对西门庆说："武二那厮颇为了得。"

裴如海对潘巧云说："你家阿叔那双眼睛好生怕人。"巧云答道："他自姓石，又不是亲兄弟，怕他怎的？"

结果，二潘都成了刀下鬼。

黄文炳立功心切，只盼望朝中提拔，咬住宋江不放，哪想到梁山人生死相救、匕首杀仇？

朱仝只讲人情，无视法度，捉晁盖放晁盖，捉宋江放宋江，捉雷横放雷横，终于身陷囹圄。

宋江身为押司，专门结纳江湖好汉，最后也终于流落江湖。

阎婆惜恋那张文远，倒也罢了，见了宋江招文袋中的银子大欢喜，可以买好吃的供给张三郎了。无奈阎婆惜贪心不足，非要那金子，不知见好即收的道理，一味在刀刃上跳舞，欺负宋江心地慈善，结果逼急宋江，香消玉殒。

张都监等摆了武松，专等斩讫报来的好消息，却飞来复仇的武松。

金圣叹对"血溅鸳鸯楼"的评语，文情并茂，颇中人情物理之深微处，犹慨叹磨刀杀人，结果是易刀自杀罢了：

乃天下祸机之发，曾无一格，风霆骇变，不须旋踵，如张都监、张团练、蒋门神三人之遇害，可不为之痛悔哉！方其授意公人，而复遣两徒弟往帮之也，岂不尝殷勤致问："尔有刀否？"两人应言："有刀。"即又殷勤致问："尔刀好否？"两人应言："好刀。"则又殷勤致问："是新磨刀否？"两人应言："是新磨刀。"复又殷勤致问："尔刀杀得武松一人否？"两人应言："再加十四五个亦杀得，岂止武松一人供得此刀。"当斯时，莫不自谓此刀跨而往，掣而出，飞而起，劈而落，武松之头断，武松之血洒，武松之命绝，武松之冤拔，于是拭之、视之、插之、悬之，归更传观之，叹美之，摩挲之，沥酒祭之。盖天下之大，万象之众，其快心快事，当更未有过于鸳鸯楼上张都监、张团练、蒋门神之三人者也。而殊不知云浦净手，马院吹灯，刀之去，自前门而去者，刀之归，已自后门而归。刀出前门之际，刀尚姓张，刀入后门之时，刀已姓武。于是向之霍霍自磨，唯恐不铦快者，此夜一十九人遂亲以头颈试之。呜呼！岂忍言哉？夫自买刀，自佩之，佩之多年而未尝杀一人，则是不如勿买，不如勿佩之为愈也。自买刀，自佩之，佩之多年而今夜始杀一人，顾一人未杀而刀已反为所借，而立杀我一十九人，然则买为自杀而买，佩为自杀而佩，更无疑也。呜呼！祸害之伏，秘不得知，及其猝发，疾不得掩。盖自古至今，往往皆有，乃世之人犹甘蹈之不悟。

桎梏自就

鲁智深在野猪林救下林冲，定要打死董超、薛霸，林冲诚恳为之求情。

宋江蒙好汉营救，却不让开枷，还要保护押解的公人。电影《梅兰芳》开场，梅伯父戴着纸枷是这个模式的最有力的象征。

就连比宋江、林冲强硬得多的武松，在十字坡，还是请孙二娘救下公人，武松本人也执意要去牢房报到。犹如绑匪不撕票。

为什么？

他们都有"挣扎回来情结"。回哪里来？回到正统、正常的社会中来，都觉得常规活法才是"家园"，在等级社会中挣个出身才叫前途。法度，法度，依然是深入内心世界的原则。他们还对那个"吏之天下"怀着眷恋、幻想。大侠武松打虎后当了都头照样得意，受管营优待便不惜为他打死人自己偿命，受张都监爱重也受宠心热。

"识不到则力不足"，有神力的武松也犯糊涂上当。

钓小鱼，食少线细；钓大鱼，则食多线粗。

宋江领着那么多龙、虎、雕、豹、金刚、太岁，全伙受招安，是集团性的"桎梏自就"。

"田横五百今安在？难道归来尽列侯？"这是龚自珍的锥心之问。

奸臣还不让他们受招安呢！他们忠心报国，还须忠臣识货。然而，蓼洼埋尸，只落得个"却喜忠良做话头"。

宋江千方百计要钻入合法社会，谋正途出身，却应了一句俗语：活得晦气，死得窝囊。

才有所恋，便是系驴系马之橛。宋江灯蛾扑火，中了盘弓窝箭，成了咬屎橛不着的野狗。

谁能跳出三界外，不受各自桎梏的牢笼？

卢梭有言："人生而自由，却无往不在枷锁中。"

韩非子则认为，常人也只是仅免刑具而已。

返风灭火

刘鹗曾言，清官之害大于贪奸之官。

四贼剪除忠良，干着火上烧油的勾当，密于防祸，疏于求贤，再三为渊驱鱼，为丛驱雀。造反者想返本复始，臣服宫阙，他们又再三阻挠，为增强造反者的反抗意志作出了特殊贡献。逼之为物，曲折生动焉？

而宿元景这样的忠臣呢？保举梁山好汉落叶归根，保举他们去进行同类相残的光荣圣战，比之火上加油的奸臣作为，他这一"返风灭火"的系统工程，使绿林好汉认自家为冤家，其与造反者罪孽大矣哉！

然而，"官家"表扬他，梁山寨主感激他，李逵要杀的也不是他。

哄死人不偿命，此之谓欤？

这是明胜暗——标准地化消极因素为积极因素、化暴乱为除暴乱，一石数鸟，维护了社会的稳定、王朝的安全，去凶即吉。宿太尉斡旋成功，四两拨千斤，宋江辈死得无怨无悔。个中玄机，不堪揣摩。

天下又归于太平，生辰纲、花石纲之类的民膏民脂，可以畅通无阻地呈送于朱门了。

振荡,平复;再振荡,再平复。上有返风灭火的贤相能臣,下有桎梏自就的好汉,昏君干吗不乐得清闲,去钻通往李师师幽房的地道?

漫说奸臣当道、忠臣被害,忠臣难道不也是"却把忠良做话头"的参与者?

大明若暗

昏君之昏，有时是装出来的、故意的。

忠贞之士恨憾君昏之时，却往往正是君心明如镜、洞若观火之时，只是出发点不同罢了。

以"莫须有"罪收拾了岳飞，举国、历代皆切齿唾骂秦桧奸险。其实，"量区区一桧"怎能一手遮天？岳飞并非寻常百姓，但岳飞口口声声要"迎还二圣"，要雪靖康之耻。这不是找死吗？他固然正义又感人，但不能正到皇帝头上。宋高宗赵构只能让岳飞去"做话头"，继续感人去吧。

朱仙镇大败金兀术，兀术欲弃汴城而去。有书生扣马谏阻："太子毋走，岳少保且退。"兀术说："岳少保以五百骑破我十万，京城日夜望其来，何谓可守？"书生答道："自古未有权臣在内而大将能立功于外者。岳少保已犯忌讳，何况他成了大功？"兀术幡然醒悟，遂驻留不去。

一语敌千军。还有那个"自古"，最起码相去不远的北宋宋江即是如此。

宋徽宗几次申斥，责骂四贼"败国奸臣，坏寡人天下"！但四贼一"曲为掩饰"，皇帝便"不加其罪"。谁说伴君如伴虎、上意难窥难违，宋徽宗不就挺好对付的吗？对"坏寡人天下"的奸臣都不加罪，他多么仁厚呀！可是，他为什么对奏请招安的御使大夫崔靖，便毫不留情地送大理寺问罪呢？

其实，宋徽宗根本就不愿意在他的官僚系统中夹杂入那么多虎豹太岁！草寇扯诏，他发兵进剿；四贼害忠良，他便不加罪，倾向性是明摆着的。杨家将为什么总是被迫害？还不是因为杨业是草寇出身。

宋江等死后又重聚梁山泊，并邀圣上魂游梁山泊，面诉冤屈。皇帝老儿问宋江："寡人不是让你去当楚州安抚使去了吗？"又问："寡人亲差天使、亲赐黄封御酒，不知是何人换了药酒赐卿？"

从来没有人弹劾过皇帝的"渎职罪"，他当然该装糊涂的时候就装糊涂，这是有名的"明知故昧"的韬略——"假痴"。周瑜就是装傻哄骗了蒋干的，还留下个对子句："无假而不成真之周瑜，无往而不误事之蒋干。"

谁是高俅、蔡京的保护伞？说不定高俅、蔡京是枉替皇帝担骂名呢！

岳飞镇压农民起义时，曾大施剿抚两手。

宋江被抚后即去剿三寇。

他们最终也被暗算。

不战而胜的是昏君。

不过，"请看剃头者，人亦剃其头"。

阴固然能制阳，但哪知这对阴阳链外还有阳？于是有了"靖康之难"。

第八章　难知如阴

智赚种种

　　赚者，骗取也，以诳骗为手段来达到符合自己利益的目的。赚前冠一智字，以区别于撞骗、豪夺。赚，作为智术之一种，诚不可小觑。且不论宇宙本一活局，那些达官巧宦的富贵都是赚来的，就是常说的兵以诡诈为道，不也是明说要欺骗敌人吗？赚，兼有骗人、获利二义，许多种类的人的心术，不是可以用此字一言以蔽之吗？

　　剩下的问题就是看谁赚谁了。大凡人们的观感是好人赚了坏人便快意，坏人赚了好人便憋气。但都得用术，好人也得放下道德感，进入残酷的实力较量中。

　　《水浒传》第五十九回中，吴用设计赚了宿元景的金铃吊挂，宋江向宿元景这样解释："欲借太尉御香仪从，并金铃吊挂去赚华州。"事实上，从宿元景手上取金铃吊挂不算赚，是明借或曰强拿。吴用用这套宫中用品及中书省公文与华州的推官交涉时才叫赚。"宋江暗暗地喝彩道：'这厮虽然奸猾，也骗得他眼花心乱了。'"贺太守果然被赚，亲自近前来拜见"太尉"，被解珍、解宝割了头。

　　相比之下，号曰智深的鲁达不知道用阴谋，只求单纯、迅速，只身去杀贺太守，太莽撞了。太守赚他入府，他还认为正好呢："这厮正合当死在洒家手里！"太守不许他带刀杖入府，他还想："只俺两个拳头也打碎了那厮脑袋！"不知己不知彼，不被"捉下"才怪呢。

吴用、宋江赚了华州贺太守，结果是少华山这支小队伍上了梁山，华州损失了府库钱粮、马匹，梁山却赚了一大笔。

"呼延灼月夜赚关胜"，是战场上的明赚，关胜中了呼延灼的反间计。宋江看关胜仪表非俗，认定纵使阵上能捉他，他也必不服气。呼延灼玩了一个假投降，又阵前拿了黄信，骗得关胜推心置腹，结果按着吴用的安排，关胜去夜赚大营，被挠钩给拖下马来，成了战俘。

挠钩、绊马索、绵套索，是运用游击战术的梁山人捉拿骁勇之将的主要兵器。这类兵器介乎明暗之间，比纯暗器多出点儿"明赚"的特色。

官府中像样的军官成了梁山头领，差不多都是这样被明暗相兼地"赚"上山来的。有趣的是，相当好赚，几乎是一赚一个准。神秘的解释是天数，在天罡地煞的"数"中；唯物的解释是朝廷昏暗不明，奸人当道，忘人大恩，记人小过，关胜自感受俘之后，"有家难奔，有国难投，愿在帐下为一小卒"。新的家国具有与朝廷相反的伦理色彩，"关胜看了一般头领，义气深重"，被赚之前，他问成了他俘虏的张横、阮小七："宋江是个郓城小吏，你这厮们如何伏他？"阮小七应道："俺哥哥山东、河北驰名，都称作及时雨呼保义宋公明。你这厮不知礼义之人，如何省的！"

小说紧接着的描写是全书罕见的脱尽说书人习气的深邃蕴藉的笔致："关胜低头不语，且教推过陷车。当晚寨中纳闷，坐卧不安，走出中军，立观月色满天，霜华遍地，嗟叹不已。"

他所感叹的，正是他接受"赚"的真实的"社会基础及心理基础"。战者，决胜廊庙，正此之谓也。

赚得最艰难，也最不该赚的是赚卢俊义上山。当宋江屡屡要让山泊之主位与卢俊义时，吴用后悔了，给李逵使眼色，让李大哥搅乱之。吴用干的最蠢的一件事就是毛遂自荐，下山去赚卢俊义。

赚得艰难，不是卢俊义智高一筹，轻易不肯上当。恰恰相反，吴用用算命这种无稽之谈就想引虎出山，连燕青都骗不过，卢俊义偏偏就上当。仅凭卢这点智术就证明赚他上山没多大意义。此人愚执的另一个表现就是被捉上山后，死不肯落草，进大名府城前遇着燕青又不相信小乙哥的真实报道，自蹈陷阱，被管家李固及妻子给赚了。

赚得艰难与不该赚的原因还有一个，就是这个人反动透顶，愚执得要命。他与奉命征讨梁山的军官不大相同，他是不吃请受也卖命的铁杆奴才。关胜还颇受宋江等忠义的感召，而宋江请卢看"'忠义'二字之面"，并说"宋江情愿让位"。卢却以"生为大宋人，死为大宋鬼"的忠贞坚辞拒绝。等卢成了死囚之后，梁山人还为他打了个隔年仗，终于把他救出来之后，他的世界观能发生根本转变吗？他嘴上感激梁山好汉的救命之恩，心中想的却是：祸从天降，你们不来赚我，我何来这番变故？这个人始终死气沉沉，坐第二把交椅，被招安后当了副先锋都一直是个不会言笑的人，对梁山事业没有什么非他不可的作用，就是当副先锋也未必比关胜等旧高级军官干得好。

吴用赚卢俊义，是标准的有术无智。

吴用其人总体上说，是个不智有术之人。这也因为水浒人、梁山道从根本上说就是反智的。赚来赚去，最后被他们不敢赚的皇帝给赚了，被他们敢反对却赚不成的四贼——大贪官给赚了。

男色间谍

一切使智用术的谋略，都必须建立在知己知彼的前提下，而能够知彼，在兵者诡道的赛场上谈何容易。都想知彼，都虚虚实实，兵不厌诈，都在玩"能而示之不能，用而示之不用"的把戏，所以，《孙子兵法·军争篇》有言："难知如阴。"在冷兵器时代，如何获得敌方实情成了兴兵动众、争取胜利的关键环节。孙子曰："不知敌之情，不仁之至也，非人之将也，非主之佐也，非胜之主也。"

《孙子兵法》以《用间篇》收束全书，不仅与讲战略决策的《计篇》相互辉映，而且突出了孙子"知彼知己""先胜而后求战"的"全胜"思想。战争是残酷的，胜败不是平常事。《孙子·用间篇》主要是讲战略侦察，不是一般的使用间谍或战场侦察，战略侦察是"庙算"，即最高统帅部下决心的先决条件，孙子提到的"上间"是伊尹、姜太公，都是洞悉夏、商政治、军事战略情报而又睿智聪颖的"上智"人物，商汤、周武王分别以他二人为相、为师，所以"必成大功"。孙子的结论是：进行战略侦察，"此兵之要，三军之所恃而动也"。

《水浒传》在这个问题上同样又是一幅草野景观。有弟兄陷在某州某县，当然要起动军马去攻城救人，没有什么虑而后动，先侦察后决策再部署那一类的套数。准确地说，水浒人没有进行战略侦察、量敌而进的头脑。作为一种人格风采，不虑而动，显得有英雄胆量。如李贽赞美李逵比晁盖、张顺高出一筹，只身一人便来劫法场、救宋江：

> 晁盖也须十七人才来干事，张顺亦是九人方来劫牢，那里如李大哥独自一个，两把板斧，便自救人？是如何胆略？如何忠义？或曰："若无晁盖、张顺等众人，终须丧了三人性命。"卓吾曰："如此一算，便无胆略，便不是忠义了。若是真正忠义汉子，即事不济，亦不碍其为忠义也。此李太哥之所以不可及也欤！"

这是显示李贽真道学的地方，从而也显示了单讲忠义的儒学反科学的本性。李逵固然可以逞一腔血气之勇，作为三军之帅能不料敌而进？让人啼笑皆非的是，李逵救人是只顾胡砍，晁盖却命令大家只管跟着那个黑大汉走。忠义跟忠义，跟到了绝地上。关键是作者不让宋江此时死，否则单靠忠义胆勇的李大哥救不走宋大哥。

《水浒传》中的战场侦察不少，如石秀探庄、张顺渡江侦察，宋江、吴用也有去前沿阵地巡察的时候，但一提即明白，没有深文周纳的必要。

具有水浒人特色的"间谍战"，给人留下深刻印象的莫过于"男色间谍"了。燕青入肩师师房、柴进做驸马、张清做女婿，显示着标准的水浒人的智调。

燕青结拜李师师是政治间谍身手。李卓吾的回评是："燕青不承应李师师，是大圣人。"

燕青是梁山上头号乖觉人物了。这类浪子小闲，是那种社会中的立于不败之地的人物，因为他们乖觉、机巧。换作别人，连万寿门也进不了。高俅也乖觉机深，他知道梁山泊总要派人来，为封锁失败的消息，严守城门，唯恐梁山泊诸色人等"夹带入城"。燕青会打乡谈，会反客为主，故意理直气壮，"取出假公文，劈脸丢将去道：'你看这是开封公文不是？'"硬语有时胜过软求，戴宗也善帮衬，冷笑一声，蒙混过关。

每当看到这种地方，就觉得官府还是相当强大的。何涛捉白胜时，官府的管理何等严密：过往行人都有登记；鲁智深刺杀贺太守时，官衙又是何等森严。这些地方总让你产生一种恐惧心理：宋江他们不受招安行吗？

大概不行。两赢童贯、三败高俅只是作者的抒情笔意。片段的史料记载，或曰张叔夜，或曰侯蒙去镇压了梁山军，"（宋）江乃降"。事实上，朝廷也不可能用太尉、枢密这样的重臣去剿草寇。所以，宋江执意要受招安，作者也愿意这支别动队终成正果。神侠孙悟空还得成正果呢，何况这伙布衣之侠。

所以，燕青带着微笑用巨款来打通最快、最容易"达知今上"的枕头关节来了："……指望将替天行道、保国安民之心，上达天听，早得招安，免致生灵受苦。若蒙如此，则娘子是梁山泊数万人之恩主也。如今被奸臣当道，谗佞专权，闭塞贤路，下情不能上达，因此上来寻这条门路……"

燕青的火候很难把握，既"要那婆娘欢喜"，又"怕他动手动脚，难以回避"。他是来干大事——行间的，不是来买笑迎欢的。

但不让李师师欢喜如何能行得间？要让李师师高兴又怎能不"把出本事来"？花魁娘子别无企图，别无纪律，高兴了就会动情，动了情，就"口儿里悠悠放出些妖娆声咳，来惹燕青"，并三回五次动员燕青脱衣裳。若是李逵性起了杀了花魁，若是王英性起睡了花魁，结果如何？小闲燕青想为宋大哥招个全伙受招安，争"全胜"，就不能出半点儿纰漏，人为地制造风险。此时，燕青举手投足都成了"历史的瞬间"：关乎梁山义军何去何从，从而关乎宋朝安危！宋江不受招安，他这一支队伍本身是个巨大威胁不说，谁去征辽、平三寇？而如此重大的千系，千钧一发，集中为对燕青意志的考验：

> （燕青）心生一计，便动问道："娘子今年贵庚多少？"李师师答道："师师今年二十七。"燕青说道："小人今年二十有五，却小两年。娘子既然错爱，愿拜为姐姐。"燕青便起身，推金山，倒玉柱，拜了八拜。那八拜，是拜住那妇人一点邪心，中间里好干大事。若是第二个在酒色之中的，也坏了大事。因此上单显燕青心如铁石，端的是好男子！
>
> ——《水浒传》第八十一回

燕青这一计，看似平常透顶，其实却非同小可。这是标准的水浒人智量：见机而作，可长可短！随机应变，迎刃解难，不上兵书，不见经传，却在实际生活中行之有效，燕青就凭这种乖觉，赢得了师师姐姐的亲密又正经的关爱，师师亲切地邀"小哥只在我家下，休去店中歇"。燕青也坦然应承，如他走过头一步，虔婆李妈妈也不敢收留他在家中长睡的，这样，就会错过晚上面见圣上的机会。所以，小说作者控制不住地评论、赞美一通。

见天子一面，且能现场打动天子，又是一番见机而作、可长可短的功夫，全看行事过程中的机敏巧妙了。多亏梁山泊上人才济济、各色行当齐全，燕青若不会唱曲、吹箫，事情会怎样还难预料。燕青把握火候的功夫真是炉火纯青，吹唱得圣上高兴得牢靠了，再唱那支"有人提出火坑中，肝胆常存忠孝"的曲儿，得以讨得御笔特赦书，并将梁山泊备细奏达那口含天宪、一语定乾坤的圣上，冲破了奸臣闭塞贤路的信息封锁，使身居九重的圣明天子得以了解实际情况，招安的大局已在师师的幽房中奠基成功。

宋江接受副军师朱武的建议，同时打通太尉宿元景的关节，这可以叫作"因间"之计。《孙子兵法》列出五种间谍，"有因间，有内间，有反间，有死间，有生间。"对所谓因间，梅尧臣的理解是："因其国人，利而使之。"孙子的直接解释是："因间者，因其乡人而用之。"像宿元景这样的国人能"顺事"合作，自然添力不少。宿过去的同窗，今日在梁山当人质的闻焕章写信作证，极具说服力。宿元景又是宋江一类的报国忠臣，所以主动领命办理招安事宜，这才中途不生变诈，接通了皇帝与寨主之间的"电话"。

燕青不辱使命，成功地当了一遭男色间谍，又给宿太尉启动了一个因间，还赚出了软禁在高太尉节堂的梁山人质。燕青对梁山的不可替代的作用，是他此番间谍勾当。

燕青还扮成方腊方面吕枢密的虞候叶贵，杀了陈将士一家老小。燕青还随着柴进潜入方腊的大内当细作。总而言之，乖觉的燕青是梁山上杰出的间谍人才。他也的确算是梁山中的上智人物了。

他最后不回京师受官封，李贽就认为这个人具有"最不可及之处"。

柴进当间谍便不楚楚动人了，不合情理之处颇多，这倒也不必计较，且看其行间使术的技巧有无启人心智之处。

柴进是要报答宋江当年高唐救命，一向累蒙仁兄顾爱，坐享荣华的恩情，"愿深入方腊贼巢，去做细作，成一阵功勋，报效朝廷，也与兄长有光"。

柴进潜入方腊的宫廷是侥幸、是传奇了。

他的优势是仪表堂堂、言语不俗。单靠高谈阔论骗取绝大信任是儿童故事中的情节，所以作者特别解释一番：那位方腊的左丞相娄敏中原是清溪县教学的先生，"虽有些文章，苦不甚高。被柴进这一段话，说得他大欢喜"。他便不受分文贿赂，竭诚向天子方腊荐贤："中原是孔夫子之乡。今有一贤士，姓柯名引，文武兼资，智勇足备，善识天文地理，能辨六甲风云，贯通天地气色，三教九流，诸子百家，无不通达。望天子气象而来。"方腊的行政系统比宋徽宗的有生气、有弹性。把关的将士能听出柴进言语不俗，并迅速报知右丞相祖士远、参政沈寿、金书桓逸、元帅谭高，这四个人的官位略相当徽宗手下的四贼，但他们比四贼爱贤、肯为天子出力，不要分文好处费。右丞相让金书"引柴进去清溪大内朝觐"，左丞相也爱贤若渴，着实保奏一番。他们与朝廷的风格相反，是密于荐贤，疏于防奸。朝廷是倒过来，密于防奸，疏于举贤，所以梁山人千方百计也钻不过他们的关系网，只得走李师师后门。可惜，柴进不是来烧香的，却是来拆庙的。方腊行政系统的这种效率反而自速其败。从维护自家利益角度讲，莫非还是四贼做得对？

柴进行间有术处，是他能够投敌所好，说他看见"一缕五色天子之气，起自睦州。今得瞻天子圣颜，抱龙凤之姿，挺天日之表，正应此气"。"陛下非止江南之境，他日中原社稷，亦属于陛下所统，以享唐虞无穷之乐。虽炎汉、盛唐，亦不可及也。"说得方腊心中大喜，立即给柴进封了个中书侍郎，朝廷此时才只给了他个"正将"名誉。孙子说得好："非仁义不能使间。"柴进只感于宋大哥恩义，若如高俅差遣，则柴进真降了方腊也是合情合理的。

柴进打入敌人内部，骗取信任，攫取高位，"无非是用些阿谀美言谄佞，以取其事。未经半月之间，方腊及内外官僚，无一人不喜柴进"。至于让柴进当驸马，封官主爵都尉，便是戏文演事法，比小说走得远且快了。

柴进从此成了方腊腹心之内的大奸细，内苑备细、军情重事，皆得知悉、参与。可惜柴进没有及时与宋江联系上，没有提供任何军事情报。这个大内间的作用就是在大兵临洞之际，先诈赢一阵，次日骗方腊出洞观战，结果阵前倒戈，挥刀杀南将而已。而且，方腊不出洞，捉时还方便些，宋江最怕窜入丛林，方腊果然窜入丛林，歪打正着地让鲁智深立了最大的功勋。

柴进并不以男色间谍始，是以术士的神秘无稽之谈，攻着了方腊内心的大痒处，使柴进得以登堂入室，这又加了一层色情间谍的油彩。这倒害得柴进不敢回密于防奸的朝廷去领赏赐，生怕他当"叛徒"任伪职的历史哪一天被揪出来，成为灭门的罪名。

另外的零星的、随机性的潜伏，里应外合放火杀人攻城的场面就不胜枚举了。

值得一提的是戴宗为救卢俊义，张贴散发无头告示，恐吓梁中书：若杀了卢俊义，梁山军马定要毁灭城池，玉石俱焚。这在间谍战中叫作心理破坏，无形的作用是很大的。若是现代小说，会仔细叙写这种心理破坏的过程和效果，而古代说书人不愿意在这种散漫无戏的情节上多逗留，当内间最大的作用便都写成直接擒拿敌首的戏剧性场面。

以火助攻

《水浒传》中的"此处放火，彼处杀人"是精彩的，也是"绿林手段"中的拿手好戏。兵团作战时期的以火助攻呢？也算"楚楚动人"，因为他们毕竟积学有素。

且看梁山人是如何玩火焚敌的。

先说火炮，其实它吓人的作用大于别的作用，也就是说它的杀伤力主要表现为心理破坏。如《水浒传》第八十三回中，凌振放一个车箱炮，"那炮直飞在半天里响，洞仙侍郎听的火炮连天声响，吓得魂不附体。李逵、樊瑞、鲍旭引领牌手项充、李衮等众，直杀入城"，像军事演习，更像古装戏。炮声震天，鼓声震地，也成了"套话"。当然，也有炸塌敌楼时，但无一例外都是吓得敌将大惊失色、张皇失措，好像他们是第一次听到这种怪声的深阁少妇而不是疆场武夫。

里应外合地放火以助攻城，主要的作用也是心理破坏，造成敌人的不意与张皇失措，强化突然性。过去提到的打大名府等是如此，后来打蓟州等地也是如此。石秀与时迁是老搭档，是宋大哥攻城时最得力的细作人才。时迁去蓟州城最高的地方宝严寺塔上放火，增强"宣传效果"。"那宝塔最高，火起时，城里城外，哪里不看见"。石秀是去作为政治中心的"蓟州衙门庭屋上牔风板里，点起火来"。都是要紧的去处，效果自然要大。这倒是经验。城内的官民见火起得突然且着火点多，知有细作，民不守城，逃归看家；将则带了老小，装载上车，夺路而逃。

较为真实而且具有攻城规模的火攻，是《水浒传》第九十二回"打盖郡智多星密筹"，密筹便不太像儿戏了。先是攻城不克，然后是吴用提议"兄长，我等却好同花将军去看视城垣形势"。吴用绕城周匝看了一遍，又从降将口中了解到城内情况："钮文忠将旧州治做帅府，当城之中。城北有几个庙宇，空处却都是草场。"这个草场便成了用武之地。

密筹，即制订综合作战方案：第一步是打草惊蛇，用车轮战术，轮番四面佯攻，搅得守军疲于奔命，左右支绌，露出缝隙，石秀、时迁得以潜入。第二步是打援。田彪派凤翔王远率兵二万来救，中了埋伏。此时城中已信心不足，连救兵都被杀散，疲劳加上精神崩溃，城破之期已近。第三步便是火起攻城。石秀、时迁在草料场"一连烧上六七处"。守将钮文忠急领军士来救火，那边攻城于此时真正开始。二解杀上女儿墙，夺了城门，放下吊桥，大军涌入，一座固守的城池就易帜了。

《孙子兵法·火攻篇》："凡火攻有五：一曰火人，二曰火积，三曰火辎，四曰火库，五曰火队。行火必有因，烟火必素具。"所谓火人就是火烧敌军人马。但因为没有炸燃性火器直接杀伤，所谓火人也得通过中介物进行，如赤壁之战是火烧战船，陆逊烧刘备也是"火烧连营七百里"，营帐是直接可燃的，又是在林中草上扎的寨。《水浒传》中有直接"火人"的场面，但那是妖法。打盖州这场火算火积——火烧敌军粮草，但没有起烧"委积"的作用。烧掉敌人囤积的粮食薪辎，破其家业，使其人缺食、马缺草从而难以固守久战。刘邦与项羽成皋相持，刘邦兵败渡河，后派刘贾将二万人，渡白马津，入楚地，烧其积聚，楚军乏食，但粮草辎重只是当了个"易燃品"而已。杜牧注辎与库："器械财货及军士衣装，在车中上道未止，曰辎。在城营垒已有止舍曰库。其所藏二者皆同。"只是蓄放地不同罢了。曹操于官渡打败袁绍，最关键的一环是奇袭袁绍后方的辎重，火烧乌巢。

孙子曰："行火必有因。"曹操的注是"因奸人"；杜佑的注是"因奸人也，又因风燥而焚之"；李筌则又回到曹操的观点"因奸人而内应也"；陈皋却认为"须得其便，不独奸人"。释"因"为客观条件，张预则把条件列举得详细些："火攻皆因天时燥早，营舍茅竹，积辎聚粮，居近草莽，因风而焚之。"柴进这回是"因"敌人之奸细，截获重要情报，得以布网藏炮而击。平时梁山人用火的"奸人"便是石秀、时迁潜入为内应。

《水浒传》第一百零五回中，宛州守将刘智伯差点儿成了陆逊第二。

宋江军马来打王庆却不胜南方酷暑的折磨，中暑疲困者甚多，"宋江传令，教大军都屯扎于方城山树林深密阴荫处，以避暑热。……吴用道：'大兵屯于丛林，恐敌人用火。'宋江道：'正要他用火。'"吴用说的是科学，宋江依靠的是玄学。但宋江如孙悟空，是总也战不死的，此时几近神话人物。而不似历史人物刘玄德，罗贯中不能改变历史，他可以从道义上证明刘备不该失败，但不能让刘备战无不胜，罗的一厢情愿是有限度的。作为英雄传奇的《水浒传》则拥有随心所欲的自由，可以让宋江战无不胜，当然也不能让他万寿无疆。

刘智伯是绰号，真名刘敏，因他是王庆队伍中颇有谋略者，故人称智伯。"他探知宋江兵马，屯扎于山林丛密处避暑。他道：'宋江这伙终是水泊草寇，不知兵法，所以不能成大事。待俺略施小计，管教那二十万军马，焦烂一半。'"然后挑选轻捷军士，各备火箭、火炮、火炬，又装了两千辆车的芦苇干柴及硫黄焰硝引火之物。薄暮离城，恰遇南风大作，刘敏大喜，以为天假其便，顺风不借自来，将近宋营，忽然雾气弥漫山谷，刘敏道："天助俺成功！"下令攻城，各种原始火器一齐发作。"将火车点着，向山麓下屯粮处烧来。"如果确有其事，也正是这个情形，则宋江非成刘备的后继者不可。方城将是第二个彝陵，会成为渺小的地名、伟大的战场。刘智伯的筹划是无可挑剔的。

但是，这一切都为宋江准备了，乔道清降宋江后正要立功，生逢其时，"使了回风返火的法，那些火箭、火炬，都向南边贼阵里飞将来，却似千万条金蛇火龙，烈焰腾腾的向贼兵飞扑将来，贼兵躲避不迭，都烧得焦头烂额"。玄学大胜，远胜今日气功降雨的盛事。宋江有这样的现代化战争机器，何必让众弟兄十去七八？

如果在《封神演义》那神魔语境中，则妖法足以展布幻想，开拓庸人的思维空间，因为全书有一个一致的起点，都是神魔的，则别有意味。作为现实主义的经典小说，《水浒传》此类造作之法，佛头着粪正不待言，相信妖法胜过兵法又何其愚昧！

更有"准《封神演义》"的片段：

忽地西南上铲斜小路里，冲出一队骑兵，当先马上一将，状貌粗黑丑恶，一头蓬松短发，顶个铁道冠，穿领绛征袍，坐匹赤炭马，仗剑指挥众军，弯环踢跳，飞奔前来。卢俊义等看是贼兵号衣，驱兵一拥上前冲杀。那将不来与你厮杀，口中喃喃呐呐地念了两句，望正南离位上砍了一剑，转眼间，贼将口中喷出火来。须臾，平空地上腾腾火炽，烈烈烟生，望宋军烧将来。卢俊义走避不迭，宋军大败，弃下金鼓马匹，乱窜奔逃。走不迭的，都烧得焦头烂额。军士死者五千余人。

——《水浒传》第一百零八回

这个"贼将"不是个用之不竭的火焰喷射器吗？而且是硕大无朋的喷射器，能须臾使五千军士焦头烂额，差不多快成原子弹了，而且是"口发式"的！谁敢说中国人想象力不发达？像这种笔意的确表达了一种武器渴望，渴望更新作战方式，从原始的厮杀形态升格为火器远程杀伤。

春秋时期典型的火攻战例是贫乏的，那时运用火的威力辅助攻杀的水平还普遍较低，甚或可以说还缺乏自觉。《春秋·鲁桓公七年》提到的"焚咸丘"，可能是见之于文献记载的最早的火攻战例，时维公元前705年，详情不详。半个世纪后，火攻逐渐在战场上有所使用。譬如公元前649年，戎狄等一度攻入周王室的京城，火烧王城的东门。规模较大又记载较为详细的是公元前555年的平阴之战。有趣的是孙武参加的吴楚战争（公元前505年），楚军放火焚烧吴军辎重，接着主力队伍大起攻势，吴军大败。孙武即在吴军之中，而此时孙武早已写成了他的《孙子兵法》十三篇，当然是包括"火攻篇"的。

更为有趣而辛酸的是《水浒传》中的火攻智慧并没有实质性的突破，从理论上说，还不如《孙子兵法·火攻篇》高瞻远瞩、科学周密呢。刘智伯嘲笑水泊草寇不知兵法，体现出一种判断事物的心理基础：后人必须永远向前人学习，越千年而犹需后瞻。吴用能当军师也是因为他熟读兵法。更让人悲喜难辨的是不向古人学习更不行！

不依兵法便靠妖法，不信科学便仰仗玄学。

第九章　梁山游击术

水浒人的智术，与经典的兵家智慧不同，那亦智亦侠的游击术，成了后世农民起义的军事教科书。《水浒传》篇章毕竟有血有肉，比《武经七书》通俗易懂、有趣实用多了。张献忠哪有心思听吴起、李靖等谈仁讲法？军阀的兴奋点就是杀杀杀！讲究点如何杀人放火便是真才实学了。

　　梁山人的建军方略、用兵风格，可以成为我们透视民间兵家智量的绝好标本。

并气积力

并气积力是梁山军马远胜官军之处，道理何在？

"禅杖挑开危险路，戒刀杀尽不平人"的造反者都有着庸奴难以测度的血气心性，他们走向与官府对抗的道路，便如置于死地而求生的战士。所以，按常理，"草寇"为乌合之众，是最难齐约统一的，但梁山已处绝地，"众陷于害"，便自然上下同志达到了孙子要求的"不约而亲，不令而信"的军事状态。王翦伐楚，楚人挑战，王翦不出，等到他看见自己的兵卒投石为戏，知其养勇思战，然后用之，遂一举而灭楚。宋江、吴用便无须如此人为地"养勇"，梁山人的战斗意志高昂得令主帅需加以抑制才得和谐。这是因为造反这个大前提，使队伍具有天然的主动生机。

气之为物，大矣哉。人活一口气，已成了从理学家到平头百姓的共识，是千年不易的"主题"。更何况以讲义气、斗气为特色的梁山好汉，他们的啸聚本身便是并气。

吴用是最善于积力者，每当一拨人马上山，重新调度一番之后，他便让各寨练兵，提高军事素质。有一点评家读到此处，屡屡感叹：这边是整顿兵马，勤于演练；官军那边却是文恬武嬉，交相争利，胜负判然明矣。

《孙膑兵法·延气》篇专论"军事之气"：

> 合军聚众，务在激气。复徒合军，务在治兵利气。临境近敌，务在厉气。战日有期，务在断气。今日将战，务在延气。

所谓激气，就是激发士气；利气，就是使士卒有锐气；厉气，就是励气，鼓励士卒的勇猛斗志；断气，是使士卒果断，有决心；延气，当有二解，一是指使士卒有持续作战的精神准备，延为延续意。一是指将帅要广泛地进行战斗动员，延为广延意。令热爱水浒英雄的人们满意的是英雄们的这"五气"弥漫充足，他们也许缺乏科学、智慧，但他们的气是过剩的。在以愚兵为治军之本的古代，梁山人的智少气多正合兵道欤？连以强调"智"为将道之首的孙武都以愚兵为激励士气之术：

> 将军之事，静以幽，正以治。能愚士卒之耳目，使之无知；易其事，革其谋，使人无识；易其居，迂其途，使人不得虑。帅与之期，如登高而去其梯……焚舟破釜，若驱群羊，驱而往，驱而来，莫知所之。聚三军之众，投之于险，此谓将军之事也。

将士卒置之死地而后生，便自然能并气积力了。梁山人是自发地走上危险路的。官府这个死敌，使梁山人天然地并气积力，何况宋大哥、吴军师"唯民是保""视卒如婴儿"，众弟兄之间更是誓同生死的。团结就是力量!

李筌注孙子"并气积力"句说:"气盛力积,加以谋虑,则非敌之可测。"(《孙子十家注·九地篇》)

更深层的道理大概在于,梁山并气积力是"统一",而官军只为"一统"罢了。

打蛇随棍上

《中庸》有言："率性之为道。"李贽赞美水浒英雄，多是表彰他们能够"率性而行"，反而更见忠义。

《孙子兵法·九地篇》曰："善用兵者，譬如率然。"梅尧臣注为："相应之容易也。"这个"相应"，可析为二，一是对付敌人反应迅速，二是自己首尾呼应，如孙子自言："其相救也如左右手。"

所以，要简括地形容梁山人的用兵风度，再也没有比"率然用兵"更贴切的语汇了。

"率然者，常山之蛇也。击其首则尾至，击其尾则首至，击其中则首尾俱至。"这本是从原则上讲用兵之道的，后人却局限于一种阵法，即出现率很高的"常山蛇阵"。其实，孙子只是在打比方："敢问兵可使如率然乎?"

孙子自答曰："可。"梁山人则以行动证明此道是极高明的。梁山人对敌人的迫害是标准的"打蛇随棍上"，这个俗语却是"兼语结构"：用棍打蛇，蛇随棍上。梅尧臣说："蛇之为物也不可击，击之则率然相应。"小而言之，一百单八未啸聚成整体时，早已贯彻"两肋插刀"的行帮精神了。有血缘、亲缘的生死相救自不待言，如顾大嫂救二解；只有一面之缘的、曾闻名而未有交情的，也出生入死、冒险救助，如江州劫法场后，宋江又遇了几拨来救的"水军""步军"。黄文炳打一条"蛇"，却有无数条"蛇"随棍而上。水泊之上人口渐众，皆因官军剿捕，打蛇不成，蛇反而率然相应，二龙山、桃花山等小山头也呼啸奔汇梁山这个大山头。呼延灼抓了一个孔家兄弟，却引出无数绿林兄弟，他本人最后也成了其中一位兄弟。造反之路，使他们"齐勇若一"。

他们率性而行，率然挥拳、拔刀，率然救应若手足。及至他们汇成兵团整体后，进行大而言之的战役时，也是"其相救也如左右手"的。

他们始终是不见容于政府的异己力量。受招安前是"客兵"，受招安后还是"客兵"。受招安前他们是由"犯下弥天大罪"的死刑犯集结成的强盗团伙，犹如"深入重地"的"客兵"。"凡为客之道，深则专，浅则散。"他们属于"深则专"。"投之亡地然后存，陷之死地然后生。"所以他们两败童贯，三赢高俅，众志成城，极具率然的力度。他们受招安后，成了"去国越境而师者"，成了另一种意义上的"客兵"。他们不是"深则专"，而是"深而专"。征辽、"平三寇"都是"一统"的官兵无法奏效的，只有他们在绿林生涯练就的"统一"的别动队才能建奇勋。中央王朝永远也学不会"异军"这一套。

岳飞练成了"岳家军"，他的死期也到了，他不是死于谋反的事实，而死于具有这种可能。戚继光练成了"戚家军"，但朝廷不会坐视，更不会嘉奖，不会更加重用他，而是把他"解决"了。也是因为他具有谋反的能力，那是比有谋反的事实更受重视的，因为防患未然比亡羊补牢还要重要百倍。疏于求贤、密于防奸是习惯成自然的当然之理，代价便是宋亡于金元，明亡于清。明军是既打不过"家贼"，也打不过"友邦"的。没有二百年，清朝又重蹈覆辙：既打不过"家贼长毛子"，也打不过"友邦洋毛子"。洪秀全不是被镇压下去了吗？是被镇压下去了，但不是被清政府的正规军，而是被曾国藩的子弟兵"湘军"镇压下去的。有的汉人骂曾国藩汉人打汉人，其实湘军之精神，在维持名教，看曾国藩的《讨粤匪檄》即明白了。朝廷不仅是正统，还给官做。而湘军中不少人是既恨"贼逆"，又恨"官堕"的。如彭玉麟任长江水师指挥三十年之久，他从军之初，立二誓约：其一曰不私财，其二曰不受朝廷之官。后力辞巡抚、太子少保、漕运总督等。"观以上之事实，湘军组织之动机，非对于朝廷之义务，又不为赏爵所激动，全由自卫（名教）之必要而起。然则洪军之平定，枢纽子湘军，与朝廷无涉，而朝廷之设施，直隔靴搔痒而已。"(《清朝全史》)至湘军恃功自傲，与官军无二致时，便又堕落沓泄，不足言矣。而曾国藩本人没倒什么大霉，他本人也严于管束自己和家属不惹事端，尤其不像岳飞那样提犯忌的口号。

梁山人率然用兵，战无不胜，固是小说家言，但那气象风度，确是令人神往、令官军羞惭的。尽管寄寓了古代人的民族观念的"征辽"、正统观念的"平三寇"的战争写得既不生动，也不感人，但做军事读物，梁山军队的率然确有可观之处：有时"谨其守"，有时"固其结"，有时"一其志"，有时"示之以不活"，有时"并敌一向，千里杀将"，"践墨随敌，以决战事"，拔国毁城，杀人如麻。

梁山人的率然风度，除了义是基础外，勇乃神采之所在，其率然冲杀之神风精神亦符合"兵情主速"的原理。这里来个反证法吧，看看小说作者是如何介绍官军那义勇俱无的情形的：

> 看官听着：却因那时文官要钱，武将怕死，各州县虽

有官兵防御，都是老弱虚冒。或一名吃两三名兵饷，或势要人家闲着的伴当，出了十数两顶首，也买一名充当，落得关支些粮饷使用。到得点名操练，却去雇人答应。上下相蒙，牢不可破。国家费尽金钱，竟无一毫实用。到那临阵时节，却不知厮杀，横的竖的，一见前面尘起炮响，只恨爷娘少生两只脚。当时也有几个军官，引了些兵马，前去追剿田虎，那里敢上前，只是尾其后，东奔西逐，虚张声势，甚至杀良冒功。百姓愈加怨恨，反去从贼，以避官兵。所以被他占去了五州五十六县。

——《水浒传》第九十一回

十面埋伏

　　群斗混战固然是梁山人"掩杀"的常态，当他们能周密布置、化群力为有序的能量时，便壮观得很了。这是充分发挥了草寇特长的战法。贵为枢密的童贯只能作鼠窜，所率领的堂皇王师只能作鸟兽散。散也无处散，因为钻入的是十面埋伏的阵仗。这充分证明了李贽的格言：官大哪就算得是人！浮一大白的千秋快意在此起彼伏的一彪彪梁山军马丛中跳荡。

　　埋伏，而且是十面，具有修辞效果，显得壮阔宏伟。

　　其实，凡是伏兵杀出时，皆陡生陌生化效果，用兵学语汇说是出其不意。凡兵事以正合以奇胜，没有不出其不意的胜利，除了孤注一掷的死战或如愿以偿的失败，鼓勇者皆为自信胜利非我莫属的壮夫。而胜利本身却是非常吝啬的。伏兵得胜印证着阴谋胜阳谋的道理。

　　十面埋伏几近人海战术，而且只有童贯那样的昏官才多有钻入其中的机会。在冷兵器时代，中了埋伏就意味陷入全面被动，就意味着大难临头。梁山队伍用此术取胜的战例是不胜枚举的，《水浒传》第七十七回中梁山人大刀阔斧地杀得童贯丢盔弃甲是个显例，再举个不起眼的小例以证明梁山人用此手法达到了习惯成自然的化境。

第九十二回中，盖州被围，田虎的兄弟三大王田彪派部下猛将凤翔王远领兵二万前来救援。离城尚有十余里，猛听得一声炮响，东西高冈下密林中，飞出两彪军来，却是史进等八员猛将、一万兵卷杀过来。来兵虽是两万，数量上占优势，但远来劳困，又在猝不及防的状态迫战，而伏兵是养精蓄锐十余日的生力军，只两路一夹攻，田虎的队伍便溃不成军，败溃而逃。

埋伏，然后大刀阔斧进攻，这是绿林好汉在深山丛林中作战的主要手段。卢俊义攻打上山，一回出一个好汉，好汉连绵不断地突然出现与卢俊义接战，因为他们的作战意图不是伤卢而是诱卢，所以伏将突起，只刺激得卢俊义目不暇接，心无多虑地深入重地，入吴用彀中。这算埋伏法的变相或亚类，是绿林好汉单打独斗时惯见的方式。

剪径的方式，也是埋伏于险要，突然杀出。

也有伏兵断后，掉头掩杀，转败为胜时。

埋伏法是开门揖盗、关口捉贼二术的联合运用。

犬牙交错

　　水浒人比三国人智商低得多，军争的复杂程度也差得多。三国人多运用连环计，险象环生，水浒人基本上是一合见胜负，折冲的过程也是掩杀过来、卷杀过去，犬牙交错的情形不那么多。但水浒人征杀不已，风波迭起，变生意外的情形屡有，自觉不自觉的犬牙交错正是水浒人打仗的特点之一。

　　水浒人不像三国人那么爱说"将计就计"，但水浒人见机而作的率然用兵之道应敌生变，常常"将机就机"，交错打乱仗，乱中取利正是绿林身手。

　　笼统地说，往往是宋江意气用事，被动地去上当，吴用智高一筹，就机杀敌，险中取胜，既刺激又见功夫。《水浒传》第八十回中，高俅布下伏兵，用招安诱宋江来入罗网。宋江受招安心切，不辨伪诈，欣然前来。使臣破句读"除宋江"时，吴用下令反击。宋江等冲出城，官军来追，却中了吴用的埋伏计，李逵、扈三娘两路军马杀出，宋江全伙又回身卷杀，三面夹攻，高俅的军马大乱，溃逃回城，杀死者多。

　　第一百一十六回中，方腊的人要将解珍、解宝的尸首风化在乌龙岭。宋江悲怒之下，忿速起兵，要取乌龙岭关隘，为兄弟报仇。

这已犯了兵家之忌,孙武及别的兵法专家都再三说:"主不可以怒而兴军,将不可以愠而致战。"宋江在打仗时偏偏好意气用事,他不听吴用劝谏,连夜进兵,二更时分到达乌龙岭。

> 小校报道:"前面风化起两个人在那里,敢是解珍、解宝的尸首。"……树上削去了一片皮,写两行大字在上,月黑不见分晓。宋江令讨放炮火种,吹起灯来看时,上面写道:"宋江早晚也号令在此处。"宋江看了大怒,却传令人上树来取尸首,只见四下里火把齐起,金鼓乱鸣,团团军马围住。当前岭上,早乱箭射来。江里船内水军,都纷纷上岸来。宋江见了,叫声苦,不知高低。急退军时,石宝当先截住去路,转过侧首,又是邓元觉杀将下来。直使规模有似马陵道,光景浑如落凤坡。
>
> ——《水浒传》第一百一十六回

马陵道是庞涓中了孙膑的计,也是刮去树皮,说庞涓死于此。庞涓举着火把一看,却像发了号令似的,群箭齐射树下,庞涓果然死于此了。落凤坡是凤雏庞统的死地。宋江轻兵上岭,落入重围,危险至极,关胜、花荣拼命保护,这是一层交错。"宋江正慌促间,只听得南军后面,喊杀连天,众军奔走,原来是吴用遣李逵、鲁达、武松、秦明等四面杀来。"这一层交错解了前一层的围困。宋江生还,称谢不已。

这种交错混战,差不多是《水浒传》写战事的最主要的一种状况了。这是草寇本色,还是两军交战原本大多如此?历史本身不可复原,谁解其中秘?

兵情主于速

《水浒传》是小说，是英雄传奇，而不是《三国演义》那种历史演义。所以，《水浒传》写战争力求快意，不写沉闷、冗长的战争准备过程。这给人一种感觉，好像水浒人是随时都可以出击，无须战争动员、战役准备似的。《水浒传》只有写高俅伐水泊时写了他的铺张生事，那也不是为写战争准备的环节，而是为了写其拖沓、扰民，违反天之正道。说书人若忠实地反映战争过程本身，详细交代准备打仗的沉闷过程，非把听众讲得跑光了不可。与此不同，《左传》写战争的艺术成就之一就是写出了准备战事的过程。史书与小说立意、原则、目标、意义原本就不同。所以，《水浒传》中的战事倒颇合"兵情主于速"的原理，说打就打，某人会从天而降，如果正好需要他上场的话。他们哪是在力行"兵情主于速"的原则？而是在演戏，他们更像是作者手中的牵线傀儡，指东打东，指西打西。

就严格的兵法意义来看，梁山军马的举措也当得起个"速"字，这是他们率然用兵风度的主要表征之一。官军首领把官场上的"拖挨术"移到战场上，所以没有军威兵势，受造反队伍的蔑视已成为不待验证的公理。卢俊义与宋江分兵打田虎，连破二城。作者解释道：

为何卢俊义攻破两座城池，怎般容易？怎般神速？却因田虎部下纵横，久无敌手，轻视官军，却不知宋江等众将如此英雄。卢俊义得了这个窍，出其不意，连破二城。

——《水浒传》第九十一回

　　能够速起来否，一看主帅决策是否果断及时，二看军队的素质及士气是否高涨。梁山军马受招安前后都是士气高涨、特别能战斗的。他们静如处子时少，动如脱兔时多。

　　宋江征辽时，打霸州前倒有一段静如处子的日子。那是宋江诈降，等辽国侍郎消息，正好让队伍消停几日，聊避盛暑炎天。而他们一旦动作起来便快如旋风了。宋江先去投降，然后是吴用赚开了文安县城门，后续部队一发便占了文安县。吴用又飞奔到霸州城下，宋江接应上关。吴用谎称卢俊义已追来，卢俊义果然神速尾随而至。一番言辩，接着林冲等出战，诈败佯输，引领卢之大军入关。三声呐喊，四方混杀。安定国舅在罔知所措之际已成了战俘。这其中固然有古装戏般的简洁省略，但若换了高俅辈非误事不可，这是毫无疑问的。

　　客兵深入常常需要连续作战。用兵是否速，关乎生死存亡。兵贵神速，乃是千锤百炼出来的不易之论。第一百零五回中，宋江靠乔道清的玄学妖术将计就计。回风灭火胜了刘智伯后，吴用提议：乘我军威大振，速攻宛州。"宛州山水盘纡，丘原膏沃，地称陆海，若贼人添拨兵将，以重兵守之，急切难克。"这种决策是聪明的。宛州遂被攻拔。王庆果然派来援兵，却喂了严阵以待的打援宋军。

第十章　成败如丝

真理与谬误有时只差一步。

成败之间犹显得间不容发。

笼统地、宏观地"粗看"，历史是有方向的。设身处地、还原历史情景地"细看"，则"事变之会，如火如风"。胜与败的关键时刻只是一刹那，脆弱如丝。

历史上只差一点儿则历史须改写的事例太多了，尤其是宫廷中，一帮血肉凡人的一念之差决定了历史几十年甚至几百年命运的荒唐剧已擢发难数。

茨威格写《人类群星闪耀时》，是破除了历史的神秘感，还是强化了这种神秘感？历史是由瞬间构成的，由于各种因素的综合作用，有些瞬间成了历史性的庄严时刻。

《水浒传》的主角是市井细民、布衣之侠，无宫廷人那种对历史的举足轻重的作用，又是一帮"群氓"，自然无法胜任"历史的瞬间"的担当者。但他们一日百战，虽多是些事实上并不关乎国家存亡兴衰的"小说里的战斗"，却也是神情贯注、拼却身家性命而不惜的生死争战。所以，窥视他们那成败如丝的瞬间、过节，亦良多趣味。庶人的成败，小小老百们更容易呼吸领会，契然于心。

水浒人自己对成败的自觉审视，莫过于王婆给西门庆献"挨光计"时的独到分析了。王婆的本意主要是为了吊西门大老官的胃口，渲染"成败如丝"的微妙与紧要，从而从西门庆那里多要些钱物，但那"过程分析"足以启发多虑型智者更周密严谨些。率性人物可能听不进去，但他们若耽于神通自在、不设成败，自然可以不听。若他们有欲求，还想兑现之，就须琢磨"十分挨光法"了。王婆有言："但凡捱光最难,十分光时,使钱到九分九厘,也有难成就处。"即所谓功亏一篑、功败垂成。

王婆具体罗织的逐级递进的十种"火候",一是太琐碎,二有故弄玄虚处,不必复述,但她那可丑可恶的谋划贯穿着若干启人心智的原则,可入"智囊"。第一,循序渐进。无中生有须用抽丝般的渗透功夫,这叫作"欲看美人须耐其梳头",张弛有致,宽紧适宜,既要咬住青山不放松,又不能焦躁、操之过急。第二,随物宛转,勿逞蛮使性。先得入乎其内,用奉承法也好,体贴法也好,用易入之言,先"占有了客观规律",再来利用、适应、支配"规律",这就可以出乎其外了,此时才能随心所欲。第三,便是火候本身,是个综合性的东西。人们总是强调机遇,其实机遇是为强者准备的。与机遇失之交臂的人,往往是想"拿来"而不能的愚弱之人。火候本身是微妙的,充满了阴差阳错的交换性,越发显得成败之际脆弱如丝。

读者对几次招安不遂的过程自有印象,换了御酒啊、破句读啊等,都是细节,然而任何事件都是细节组成的。宋江求仁得仁,盼招安受了招安,不是成功了吗?然而,这又正是他的失败。西门庆勾搭潘金莲"十分光"了,他的阳寿已到了大限。这两个人的失败都是如愿以偿的失败,成败之间又有奥义存焉。不误犹误,何况真误?

当代西方科学哲学家拉卡托斯专门研究"易谬":"如果事实命题是不可证明的,那么它们就是易谬的。如果它们是易谬的,那么在理论和事实命题之间的冲突就不是'证伪'而只不过是不协调而已。比起在形成'事实命题'的情况下,我们的想象可以在形成

'理论'的过程中起着更大的作用,但二者都是易谬的。……科学的一切命题都是理论的,并且也都命中注定是易谬的。"(《证伪和科学研究纲领方法论》)

明代的冯梦龙则具有中国经验主义的精彩,他在《笑史·谬误部》中列出了防误得误、不误为误、不误反误、误而不误、误福、误怯为勇等现象。

人间事岂易言哉?岂易言哉!

最怜率尔圈曾市

"小白不僵而僵，汉王伤而不伤，一时之计，俱造万世之业。"这是冯梦龙辑《智囊·捷智部》对公子小白、刘邦伪装成功之事的评叹。

公子纠与小白，竞奔齐国，争君位，争先到。保公子纠的管仲用箭射中了小白的衣带钩，保小白的鲍叔让小白僵倒不动。管仲放松了，说小白死了，不必着急了。结果鲍叔疾驱先入，公子小白得以为君。这是"不僵而僵"。

刘邦与项羽在广武隔涧对峙，相去二百余步，刘数项十大罪状，项羽大怒，伏弩射中刘邦胸部，刘却扪足说："虏中吾指！"还带伤抚慰士卒以安军心，不给项羽乘胜攻击的空隙。这叫"伤而不伤"。

事反功同之事比比也。

而晁盖也挨了一箭，但比起上两位成了大业的人物，晁盖在应变智慧方面就逊色多了。"不僵而僵""伤而不伤"是了不起的"捷智"，比箭本身还快呢。刘邦与晁盖出身差不多，一为亭长，一为保正，都没受过什么专门军事训练，唯心性智术有别耳。

晁盖的人品和胸襟都是令人敬重的。林冲火并王伦并真诚地拥戴晁兄为首领不是不得已的权宜之计，是从心眼里敬重托塔天王的胸襟风范。小说未明言，似乎二人私交甚好，至少林冲对晁盖尤为倾心。晁盖一怒之下要打曾头市，所点的头领中水泊初结义的旧人居多。林冲成了此役的军师，他劝晁盖别听和尚的话，虑其中有诈。无奈晁盖求战心切，执意去劫寨，还说了句大实话："我不自去，谁肯向前？"这是唯一让人觉得梁山军马并不是那么一味英勇无畏的。还有一次，晁盖夸李逵："唯他不避生死。"晁盖在知人善任方面是个令人信赖的兄长。

晁盖心性敦厚，不谙诡诈之道，团结内部有余，克敌制胜不足。晁盖愠而兴兵，躁而劫寨，间谍投其所好，利用他急欲求战的心理，又论证一番自己的动机及可信性，于是和尚成了向导，引虎入圈。此类受骗者，智者难免。石达开是百年出一个的将才，最后也是上了"向导"的当，被引入敌人的埋伏圈中。晁盖心胸坦易，打曾头市是他第一次亲自指挥作战，也是最后一次，就是因为他太坦易了。阵前他大怒出马厮拼，混战掩杀而已，阵下密谋，他听信间谍的鬼话去劫寨。此公的军事才能不必论矣。

曾家先是"御敌于国门之外"，然后"开门揖盗"，让和尚请晁盖来，继之"关门捉贼"，而且擒贼擒王，"不期一箭，正中晁盖脸上，倒撞下马来"。

晁盖若不亲自下山，而是宋江来，是宋江中了史文恭的药箭，那还有招安、打方腊事不？晁盖亲率兵来自然正常得很，但他若听林冲建白，是林教头随和尚去入险地，暗箭未必伤得了功夫精纯的林教头，则宋江不至于篡位受招安吧？至少一部《水浒传》得是另一番面目，因为研究者、评论家们还没发现晁盖有投降的潜在因素。

晁盖兴兵来打曾头市，只因为曾头市编儿歌骂了他还抢了段景住的马。段是否有借梁山人为他报仇的心思？段的形迹颇为可疑。马丢了，他便说是献马，不然，也该献给晁天王呀，他先见宋江便说是"只闻及时雨大名，无路可见，欲将此马前来献与头领，权表我进身之意"。若先见晁盖呢？金圣叹认为，宋江更形迹可疑，是他在变相地谋杀晁盖，而且晁盖早已死在聚义厅上了——因为厅上厅下，人心已归宋江。最后一条小有道理，小说写晁盖中箭，众头领商议回山，呼延灼还坚持"须等宋公明哥哥将令来，方可回军"。晁盖此番叫"率然用兵"吗？轻率过之，照应、统一不足，只算率尔——有诗为证："最怜率尔图曾市，遽使英雄一命亡。"

成败如丝，像抱着千年古玩一样战战兢兢，还有不虞之毁呢！率尔能得之乎？

"减省激变，不善处分"

晁盖听了曾头市的儿歌，勃然大怒，不容那厮们如此无礼，兴师问罪，似乎有农民武装与地方武装势不两立的必然性在，但他完全可以周密筹划，理智用兵，先炮轰后放火再冲锋。然而，他愤怒出战，临阵无锋。

李逵大概是全人类最"不善处分"的莽汉。宋大哥入肩李师师，方得入港，李逵来了个大门放火，二门打人，坏了哥哥办招安大事的良机。招安走后门虽丑鄙不足观，李逵擅自反向而动，纯是犯纪律的莽拙之举。若无"菩萨保佑"，他们一干子人能活着回梁山？

一百单八之中，性缓不粗鲁的除了文弱不足用的宋清、金大坚之流，便是宋江、吴用这样的文秀点儿的"正经人"了。宋江发阴、吴用有谋，自然另当别论。杨志不以粗鲁著称，尚有杀牛二之举。金圣叹单分析过他们的性急粗鲁：

> 鲁达粗鲁是性急，史进粗鲁是少年任气，李逵粗鲁是蛮，武松粗鲁是豪杰不受羁勒，阮小七粗鲁是悲愤无说处，焦挺粗鲁是气质不好。

当然，李逵若善处分就不会上梁山了。

那么，"革命"以后呢？都率性又合天道吗？不用证明，这是绝对不可能的事。漫说是游民、流氓的啸聚，现代化的组织还需要自我完善和提高呢。

他们之不善处分，亦即其举措失当，有体现着反智倾向的地方。"减省"即是主客失调、思虑不周、思路不对，因此激发起矛盾、冲突，陡然生出无谓的曲线。这本是智者亦难全免之事，率性本色的粗豪汉子更是此世界的座上常客了。作者算是遵循着现实主义的原则，也算是借用着那帮好汉的这个特点，在无路可走之时，节外生枝地又串起一个大节目。从现实进程上说可能是失误的举动，从小说的情节发展来说，却又是结构的生命线了。譬如，《水浒传》第五十八、五十九回中鲁达减省救人环节，他徒手去杀贺太守，激出了泰山前的梁山人到华山来救人。这在事实上是不可能之事，作者却让梁山人大摇大摆地去了。

这里是总结使智用术的成与败，理应只关注行为模式本身的得与失，余者不当在视野之内，但一些背景性的话不说将流失语意，是不能减省的。

前七十一回中，率性而行的汉子扬眉吐气，主动出击，越是减省越痛快。像主动走上反抗之路的鲁达、三阮等做事最生动漂亮。快性之人活得痛快，遂生出极浓郁的阅读快感。宋江不敢减省，反反复复地折腾反而是不善处分、执迷不悟。第八十二回中，水浒人受招安后，英雄全伙上刀樽，怎么干也是受气窝心，宋江赔尽小心，丝毫不敢将就减省，还是被收拾殆尽。独裁者对于被制裁者来说具有天然的权力：你怎么干也不行。善不善于处分，其前提另有公设。

现在，我们不从价值论角度来谈不善处分的政治意义，只从认识论角度略作透视，纯粹是为了提高认识水平。

就说李逵吧，他是公认的痴莽汉，不幸的是在大事上他却是大智者：他的反智在那个特定的情势中却正是大智。因为传统、正统之智本身已然是反动、愚蠢的教条和谎言了。在具体的行为世界里，他是个"减省激变"的冠军。从美学效果上说，他减省的心态、语言、行为是最富有喜剧性的，从事态实效上说，却又是最坏事的。他接老娘去快活，却送了老娘的命便是显例。他虑事不密，办事不稳妥，不能本色地加入那个正常的社会。殷天锡固然罪不容诛，柴进要取誓书铁券打官司也太贵介气，不知世道之真相。但李逵若真是个有头脑的大侠，就不该当场打死殷天锡，连累柴进下狱。这是标准的"减省激变，不善处分"。李逵当另找下手处，不留下任何可能牵累柴进的线索，这才是英侠身手，杀仇又不授人以柄，除害又不累及自身。结果，打死人后李逵走了，柴进反而支吾官司。他去请公孙胜，又嫌罗真人啰唆，夜劈之而反遭戏弄。李逵太本能了，得以在复杂的世事面前"一片天真烂漫到底"。李贽欣赏他无回肠转肚的算计，是借以批判那些阉割了本性的假道学。金圣叹说他纯然无假、真实朴至，也是说他这种本能人反而有赤心一片。这是道家理路：弃圣绝智才是真人之智。

草莽庶人受教化不够，不善处分是题中应有之义，掌管朝政的蔡京、高俅、童贯，下至高廉、梁中书辈就肯将就事理、贴情近意、善为处分吗？恰恰相反，李逵们是依本能（本我）"无法无天"，高俅们是依特权及"合法的观念"（超我）"无法无天"。特权人士纵欲恣睢，"激变"在先，才有了反抗者的减省放胆。李逵当场打死殷天锡，是不善处分；殷天锡不管长短揪打柴进不更是不善处分吗？有一高俅便有百高廉，有一高廉便有百殷天锡，这不正说明那种国政本身就不善处分吗？殷天锡将王法减省成赤裸的暴力，必然激发出以暴抗暴的事变来。伏机自触，在劫难逃，醉心于报复的人也终受报复，高廉就是个"广告"。

　　一部《水浒传》就是一长幅减省激变的连环画，撞击反射、震荡不已。圆满和谐便没了冲突和运动，世界就是由人类自身的弱点（减省处）构成生生不息的对立统一体。个体的人再善处分也难保不虞之毁横来天外，更何况有那么多人自觉不自觉地串演着减省激变的戏！作者的幼稚处，在他硬说这是"册子上定好的"。

万里黄泉无旅店

文学语境毕竟是文学语境。剧中人物的死活由编剧、导演决定。宋江领兵也是绿林之率然风格，不让他死，所以总有救，如他进城听高俅宣招安诏、乌龙岭上犬牙交错、宛州前畔依林扎寨，所犯错误，岂比晁盖之误入埋伏圈小？所以说，水浒人用兵固然是以率然见风度，但总是战无不胜却只是文学事实，还不只是个侥幸取胜的问题。当然，若把文本当"原本"，则又是个率然而侥幸的问题了。

英雄们不受"菩萨保佑"时，是在征方腊之日。征三辽，打田虎、王庆怎样也死不了的好汉，到打方腊时便脆如弱柳了。早有人言：那打田虎、王庆，征大辽的三十回是另外加上去的，人员不能变动。这个判断准确得无须辩论。现在还是把文本当"原本"，则那些死者都是死于自身的弱点吗？

像董平、张清、雷横、索超那样死于阵上的，算武功不敌对手，此类英雄阵亡姑且算常情。水浒人与方腊兵初次交锋，就折了宋万、焦挺、陶宗旺，他们死于乱箭。他们本来就是凑数的，先把他们"减"了，无须多话，还不是什么"瓦罐不离井上破，将军必在阵前亡"。

像张顺这样的"特种兵"，又精明不曾吃过亏的人物，死于不当死，便有教训存焉。

由于地形的关系，打方腊，水军的作用很大，借船只冒充送粮草，潜入陆上攻不入的城池，是破方腊城池的主要方式，或曰模式，如破润州、杭州，都如吴用所说"天赐其便，这些粮船上，定要立功"。方腊水军也很强大，水上作战多，梁山水军首领也便阵亡得多，如阮小二等。侯建、段景住、施恩、孔亮辈不识水性，落水淹死。总之，死于水者不少。

张顺的水上功夫自是出神入化，他的想法也无可挑剔。杭州城久攻不破，而且连个攻也办不出来了，屯兵半月之久，不见出战。如张顺所言："只在山里，几时能够获功。"他凭自己的优势从西湖里没水过去，从水门中暗入城去，放火为号，让李俊领水军取他水门，宋江等三路一齐陆上攻城。张顺是相当精明的，在水路上牵了发警的索铃，敌人出巡，他潜入水中，若他只是水路上动作，即使不成功也成不了仁。但水门上窗棂牢固，且有人把守，他不能入城。他便转上岸来，爬城之前，先来个"投石问路"，果然守兵警觉得很，这次试探，张顺成功了。但虚虚实实无法确定，他再投土石，城上无动静，他便出发了，只想此时不上城去，天快亮了。没想到，守兵是不上他投石问路的当了：

　　　　却才扒到半城，只听得上面一声梆子响，众军一齐起。张顺从半城上跳下水池里去，待要趁水泅时，城上踏弩硬弓、苦竹枪、鹅卵石，一齐都射打下来。可怜张顺英雄，就涌金门外水池中身死。

　　　　　　　　　　　　　　　　　　　　——《水浒传》第九十四回

张顺也是"伏机自触"的蹈客？

写他的死，有足够的长度，所以悲剧感强一些。宋江道："我丧了父母，也不如此伤悼，不由我连心透骨苦痛！"作者特为补白："原来张顺为人甚好，深得弟兄情分。"

张顺死在悬空的刹那，即从半城上跳下又未没入水的那个瞬间。这是从时间、空间上只差一点儿便可以避免，而终不得免的一死。在间不容发的刹那他被击中了，打击物密度太大了，也够快的，是那种战争形态中最快的远程武器了，又是从高处往下投射。

张顺固然精明，不是"无算"之辈，但毕竟比敌手少算了一层。王婆有言：九分九厘也有难成就处，须十分光。十分光，便须势与能都作美了。

王婆再计高胜陆贾，西门庆再风流使钱，能勾得动孙二娘、顾大嫂不？

势更重要。解珍、解宝是猎户出身，攀缘的功夫不让南兵，搞登山比赛他哥俩得承包了冠亚军。他俩却在乌龙岭上死于无名兵丁手中的挠钩上、石块下，势也。他们跟张顺一样想发挥特长，攀越到敌城上放火为号，惊吓敌人，振作攻势，却因处在绝对被动的地位，一己之长改变不了劣势总量。

第一百一十八回中，史进、石秀、陈达、杨春、李忠、薛永这些梁山泊老战士在昱岭关下，被敌人的矢雨包裹，不曾透出一个。作者叹道："纵是有十分英雄，也躲不得这般箭矢。"史进先着单箭，算他不会躲，石秀的智勇功夫皆是卓异不凡的，奈何？

或曰：上兵伐谋，他们就不该出哨，就不该在关下与敌交言。或更进一步说，他们就不该来打方腊、就不该受招安、就不该杀人放火上梁山、就不该习武使性、就不该只爱枪杆而不恋家庭俗人乐,从而铤而走险惹事端。

世上的"不该"原本比"应该"还要多。

可是,该与不该在具体的瞬间却只有一个。

别说成败如丝了,生死也不过只差一口气、相隔一张纸。

向死而在的大侠们,明知黄泉路上无旅店,还是兴致勃勃地上路了。

第十一章　将略

传为诸葛亮所作的《将苑》列了九种将才：

> 道之以德，齐之以礼，而知其饥寒，察其劳苦，此之谓仁将。事无苟免，不为利挠，有死之荣，无生之辱，此之谓义将。贵而不骄，胜而不恃，贤而能下，刚而能忍，此之谓礼将。奇变莫测，动应多端，转祸为福，临危制胜，此之谓智将。进有厚赏，退有严刑，赏不逾时，刑不择贵，此之谓信将。足轻戎马，气盖千夫，善固疆场，长于剑戟，此之谓步将。登高履险，驰射如飞，进则先行，退则后殿，此之谓骑将。气凌三军，志轻强虏，怯于小战，勇于大敌，此之谓猛将。见贤若不及，从谏如顺流，宽而能刚，勇而多计，此之谓大将。

前五种是套用"仁义礼智信"五常，步骑是兵种，猛、大说的是气质、风度。聊算将才的九种类型罢，议论有点儿表面化，不像诸葛亮的手笔。用这种道德兵种的划分原则，一百单八似十有八九可以入将选。若用孙武、吴起衡将的标准，则《水浒传》无一将才。吴用也不过是由于宋江太愚而"小儿浪得名"罢了，而吴用能战无不胜，可见官军、辽兵、"三寇"更无人耳。

《孙子兵法》最早指出了为将的五条标准："将者，智、信、仁、勇、严也。"通称"五德"。孙武认为，具备这五条的才是将才，否则便算不上"贤将""良将""知兵之将"。

相传，姜太公著的《六韬》也明确地区分贤将、良将与普通将军的差别，提出"将有五材十过"的为将之道：

> 所谓五材者，勇、智、仁、信、忠也。勇则不可犯，智则不可乱，仁者爱人，信则不欺，忠则无二心。所谓十过者：有勇而轻死者，有急而心速者，有贪而好利者，有仁而不忍人者，有智而心怯者，有信而喜信人者，有廉洁而不爱人者，有智而心缓者，有刚毅而自用者，有懦而喜任人者。

若以"十过"论将，则水浒人个个是"将才"了。

再看《吴子·论将》似乎是专门批评有勇无谋的所谓将才的，所以不妨多摘录些：

> 吴子曰：夫总文武者，军之将也。兼刚柔者，兵之事也。凡人论将，常观于勇，勇之于将，乃数分之一尔。夫勇者必轻合，轻合而不知利，未可也。故将之所慎者五：一曰理，二曰备，三曰果，四曰戒，五曰约。理者，治众如治寡。备者，出门如见敌。果者，临敌不怀生。戒者，虽克如始战。约者，法令省而不烦。受命而不辞，敌破而后言返，将之礼也。……
>
> 吴子曰：凡兵曰四机，一曰气机，二曰地机，三曰事机，四曰力机。三军之众，百万之师，张设轻重，在于一人，是谓气机。路狭道险，名山大塞，十夫所守，千夫不

过，是谓地机。善行间谍，轻兵往来，分散其众，使其君臣相怨，上下相咎，是谓事机。车坚管辖，舟利橹楫，士习战阵，马闲驰逐，是谓力机。知此四者，乃可为将。然其威、德、仁、勇，必足以率下安众，怖敌决疑。施令而下不敢犯，所在而寇不敢敌。得之国强，去之国亡。是谓良将。

这样的良将，战国时多一些，三国时有一些，尔后便差不多五百年出一个了。直到近、现代史才又将星璀璨。《孙子》《吴子》《六韬》所论列的是历史名将的标准，于草寇中求之，缘木求鱼尔。

而老百姓视一百单八为了不起的英雄，官军集良将大兵剿之而不胜，一百单八征辽、平三寇却战无不胜。作者不遗余力地神话、美化梁山好汉，将布衣之侠写成安邦定国的神将，我们姑且就视一百单八为将才，尽量寻找、建立他们的将略。不过，有言在先，他们只是民间英雄，绝不是精美绝伦的历史名将。

仁将宋江、鲁智深

宋江为人，恭、宽、信、敏、惠，"权居水泊"，将一批生狼活虎之人驯化为仁义之师，宋江当入仁将谱矣。

旧评点家认为，人人都有仁根，被迫上山的人是在社会中找不到角色，宋大哥能给他们指一条金光大道，给他们身上压了社会责任感、道义感，于是，他们就朝着仁义方向发展了。

宋江在"道之以德，齐之以礼"方面可谓披肝沥胆、呕心沥血、天人共鉴。那些德、礼的内容和价值是任何封建时代的人都不便加以怀疑的，宋江更无怀疑之的可能和冲动。

就《水浒传》而言，宋江在建设一支盲动的起义军方面是成功的。在官军、辽兵、三寇等各种番号的队伍中，宋江是个优秀的仁将，具有其他队伍的首脑无法比拟的优点。

第一，宋江提出"替天行道"的建军原则，尽管他从思想路向上最后走向受招安，但还是将一支盲动的武装改造成一支有理想、有规则的队伍。

《孙子兵法·计篇》讲建军的重要性，首要的一条便是"道"。杜佑以"德化"注道，张预曰："恩信使民。"这两条都是宋江最拿手的。张预又言："以恩信道义抚众，则三军一心，乐为上用。"梁山好汉同生同死的战斗力正来源于此，这是合乎兵家大道的。孙子说："道者，令民与上同意也，故可以与之死，可与之生，而民不畏危。"又说，"上下同欲者胜。"

宋江最有号召力，他的号召力根源于他能"行大道"。《孙子十家注》中的孟氏说："大道废而有法，法废而有权，权废而有势，势废而有术，术废而数。大道沦替，人情诡伪，非以权数而取之，则不得其欲也。"正好宋江等除暴安良、代天行诛，颇合大道。宋江对俘虏，亲解其缚，情愿让座是权术，但这人一成了山寨上的弟兄，宋江便不再玩权术了。宋江最大的权术就是讨招安，这也正是他之大道的有机构成部分。

第二，宋江对弟兄的感情是情真意切的，这是官军的长官无法望其项背的。这一品质使一百单八团结如一人，"义气最重"的价值也正在这里。凡事不能坏了义气，已成为梁山的行规。义，是仁之径。有仁才有义，有义才能行仁。

第三，宋江有信任人的雅量，推诚待士，这是最见大将风度的地方。他对待旧部人马，无须言之，对新降的人员也是如此。如宋江芒砀山擒获项充、李衮，二人感戴宋江大义，情愿投降，并请求放一个回去，去动员樊瑞也来"投拜"。宋江毫不犹豫地回答："壮士，不必留一人在此为当，便请二位同回贵寨。宋江来日专候佳音！"感动得项、李二人由衷地说："真乃大丈夫！若是樊瑞不从投降，我等擒来，奉献头领麾下。"宋江受招安后，去打别人，也曾以仁义感召过敌将。

第四，不管宋江的仁，有多大的妇人之仁的色彩，宋江都是个合格的统率匹夫之勇的帅才。马上马下的头领们各有所长，谓之征战型、冲杀型，等等，还包括那些在前台上不显眼的管理型将才，如蒋敬等，都佩服宋大哥。宋江没像汉高祖那样自称"善将将"，但他的确是个"善将将"的帅才。天都外臣在《水浒传·序》中说得很精辟：

> 如传所称吴军师善运筹，公孙道人明占候，柴王孙广结纳，三妇能擐甲胄作娘子军，卢俊义以下，俱鸷发枭雄，跳梁跋扈。而江以一人主之，终始如一。夫以一人而能主众人，此一人者，必非庸众人也，……为庸吏所迫，无以自明。既蒿目君侧之奸，拊膺以愤，……遂啸聚山林，凭陵郡邑。虽掠金帛，而不虏子女。唯剪萑蒲，而不戕善良。诵义负气，百人一心。有侠客之风，无暴客之恶。

从能力角度讲，宋江是仁将的典范。从人格角度讲，宋江还不是典范，鲁智深才是大师。

杰出的文评家李贽、金圣叹都说宋江是有点儿形迹可疑的假道学，张岱则说宋江"忠义满胸，机械满胸"。他们对鲁智深无一微词，赞扬他"率性而行，不拘小节，是成佛作祖根基"（李评）。"鲁达何如人也？曰：阔人也。宋江何如人也？曰：狭人也。"鲁达从不计较得失，"遇酒便吃，遇事便做，遇弱便扶，遇硬便打，如是而已矣"。"写鲁达为人处，一片热血，直喷出来。令人读之，深愧虚生世上，不曾为人出力。"（金评）

比上两位高明远大、科学理性得多的王国维，认为《三国演义》

无纯文学之资格，但叙关羽释曹操，则非大文学家不办。"《水浒传》之写鲁智深，《桃花扇》之写柳敬亭、苏昆生，彼其所为，固毫无意义，然以其不顾一己之利害，故犹使吾人生无限之兴味，发无限之尊敬。"（《文学小言·静庵文集续编》）

《水浒传》写智深为救金氏父女、救林冲、急着救史进，连酒都喝不下去了，是很感人的细节。王国维从鲁大师身上感悟到"岂真如康德所云，实践理性为宇宙人生之根本欤"。

鲁智深把二龙山也营建得挺有规模，使得要立功给太守看看的呼延灼泄气不已。

人类一个永恒的悲哀是：德能不相孚！就常人观之，才高的人，多有德不足者，德行无亏的人，往往才具欠高超。德才兼备者几稀！当然，人们能顺嘴说出一串，如诸葛亮，等等，但是岁月悠悠、芸芸众生，分母太大，人杰占几亿分之一？智深并不是个卓越的将星，可爱而已。在"上有秕政，下有菜色"的元气索然、厌厌不振的宋室之中，作为小说中人，仁将宋江横放特出，但他终不可爱，也不可信。以讨招安为归宿的仁义，让人啼笑皆非。替天子行道这一点做到了，但将众弟兄送上征方腊的死途，他流出的眼泪是真诚的，但是忏悔的吗？仁而不仁，德之贼。

智将吴用、朱武

朱武殊不足以深论，善布阵而已。《水浒传》写斗阵是有名的可厌不足观处，比兵书上的阵法假而玄，比真的阵战陋而死。以此可知朱武矣，但比起徒逞匹夫之勇者来说，朱武还是个合格的副军师。

晁盖称军师吴用"赛过诸葛亮"，晁盖本人也仰慕武侯的人品智量。百十五回本《水浒传》第一百零一回中，晁盖对宋江说："吴用本田野村夫，智识微浅，愧无济世之才，常慕出师之命。"又说："诸葛武侯乃汉末第一人才，功盖三分……吴某不才，幼时学得武侯典籍，日夕诵读，一字不忘。"《水浒传》中的吴用，有点儿像《三国演义》中的诸葛亮：料事如神，算无遗策。他们位置相当，只是规格不同，吴用处草莽世界，孔明在历史舞台。

就小说人物而言，吴用是优秀的谋略型将才，是一百单八将中唯一贴近标准将才的智将，他身上具有一般论述将才著作所概括的特征、优点，如具有卓越的军事谋略才能、高超的组织才能、管理才能，能将"司令"的作战决心迅速地变成作战命令、作战计划，并组织实施，等等。

吴用在梁山泊中具有举足轻重的作用，除了宋江以外，他是唯一可以发号施令的人物。他深受众弟兄的推服拥戴，对梁山军马有决策的权威和实际的约束力。他建设梁山的功绩不亚于晁盖、宋江。这些毋庸备述，仅就"智将"范围，略展他独具的风采。

第一，每临大事有静气，显出超人的智量和临机决策的能力。黄泥岗案事发，晁盖愁如何是好，吴用镇静有致：上梁山。王伦不容林冲，吴用导演了火并王伦的大戏。官军来剿，主帅紧张，吴用总是从容不迫，安排对策，大获全胜，如"两赢童贯""三败高俅"之类。吴用从容镇定、足智多谋、成竹在胸的智调，有似孔明先生。

第二，专门收集"科技人员"。如果说宋江专门结纳旧军官的话，吴用就是专门发展特种兵。神行太保戴宗、雕刻兵符印信的金大坚、圣手书生萧让，等等，都是吴用早有记忆、临机发展上山的。据统计，军事技术、制造专业的这种专门技术人员在一百单八将中有三十余位，当然不都是吴用发展入伍的，但吴用能随才器使，让他们发挥特长。吴用与他们有相同之处：凭技术、智识做贡献。吴用这方面的经营，使梁山逐渐成为一个小而全的军政实体：医疗卫生、土木建筑、兵器的建造、马匹的管理、条例档案（装宣）等，一应俱全。这说明吴用也是个管理型将才。

第三，所谓神机妙算，其实就是具有卓越的洞察力、惊人的预见力、最佳目标及方案的选择能力。洞察力体现在识人、料事两个方面。对三阮革命性的把握、对高俅背面负义的判断，等等，吴用都表现出过人的识人之智。料事，是洞察与预见两种能力的综合。如童贯、高俅初败之后，吴用料定他们来报复，还有吴用擅长"赚人"，一赚一个准，等等。选择目标、方案是决定成败的关键，"伐谋"，正此之谓也。如三打祝家庄时首胜于破坏三庄联盟的环节，取生辰纲，吴用决定"软取"，便是最佳方案。

这样罗列现象，还可以尽情地铺排下去，那差不多就得把《水浒传》的大节目复述一遍，因为自第十八回后几乎没有吴用不参与的事件，他是梁山的指挥中枢、智囊中心，是"梁山英雄业绩"这部交响乐的真正作曲兼第一琴师。智将的条件，什么"奇变莫测，动应多端，转祸为福，临危制胜"之类，他是超额满足了。

然而，明晦相形，智者犯糊涂更为致命。诸葛亮死要北伐，死于北伐，明知不可而为之，不是他没有量敌而进的智力，而是为报答先帝，为一种道义而尽瘁。智者的道德感当然是必要的，如孙膑论将首条是忠，但这有时却是资敌的绝好材料。吴用对招安是有看法的，他不像鲁智深、李逵那样表示坚决反对，他是"暗中破坏"，第一次扯诏，难说没有他的暗示；第二次，高俅以招安为幌子，要诱拿宋江，宋江还得意忘形，欣然前往，吴用却来了个将计就计，调遣埋伏，策应军马，打了高俅一个猝不及防。可是，吴用认为自己的政治看法不能影响对宋大哥的情谊，他还是帮助宋江筹划招安事宜。宋江是个没有实际办法的人，一些具体事宜全是吴用料理，如派燕青去"钻刺关节"。吴用最大的失误是他终身笼罩在宋江的阴影中，没有足够的胸襟胆魄独立行动。他们讨平王庆，班师回京，朝廷又一次不加恩赏，还张榜禁约众弟兄入城。李俊、张顺、三阮等水军头领（他们都是造反上山的，不同于归降的）把吴用请到船中，要"军师作个主张"，杀回梁山泊。吴用却说："宋公明兄长断然不肯……自古蛇无头不行。我如何敢自作主张！"显示了怕事、推卸责任的书生习性。吴用转而又劝说宋江，也是书生劝动人主然后遵君命的模式再版。结果，弄了个"设誓而散"，进不了城便去打方腊，打完方腊便省得进城了——十去其八，许多人都死了，吴用最后上吊，是殉宋江一人，还是向全体水军悔过赎情？

兵戎之智，永远只是政治大智局的附属部分。军事只是流血的政治，政治本身却广袤深邃得多。自古以来，前线厮杀的武将斗不过朝中宫内的文臣，根源也在于此：阴制阳。政治是阴，军事是阳；文官是阴，武将是阳。

义猛之将

一百单八将，以猛著称，以义驰名。除了安道全、金大坚、萧让等特种兵，宋江、吴用、宋清等特权人物外可统称为义猛之将，当得起兵书所称"事无苟免，不为利挠，有死之荣，无生之辱""气凌三军，志轻强虏"之风范。

官军剿水泊时，投降者有之，已成了官军的梁山军人没有一个降方腊的，这是义中的大义。弟兄情义就更不用说了，一百单八将的力量就是团结的力量。生死与共不是什么最高要求，而是他们之间最基本的前提。

猛亦毋庸赘言，虽然匹夫之勇居多，但不避刀矢、果敢无畏、冲锋陷阵、勇往直前的战斗素质，跟他们嗜酒一样已成为第二天性。他们生活在因为单纯而幸福的境界中：没事时喝酒，有事时拼命。吓得兼杀得那些不敢拼命的官军屁滚尿流，吓得小儿不敢夜啼，吓得道君皇帝梦里也怕。

猛中之尤者为铁牛李逵，义气深重、猛悍无敌的是武松，他的义，情感因素明显，他的猛，不是铁牛那种蛮勇，而是一种"大"气。金圣叹对他崇拜得五体投地：

武松天人也。夫武松天人者，固具有鲁达之阔，林冲之毒，杨志之正，柴进之良，阮七之快，李逵之真，吴用之捷，花荣之雅，卢俊义之大，石秀之警者也。断曰第一人，不亦宜乎？

——《水浒传》第二十五回回评

金圣叹赞美武松杀嫂的过程是"周旋中于礼"，说得很准确。更符合《将苑》"礼将"标准的是关胜。这位《水浒传》中的关大王，"贵而不骄，胜而不恃，贤而能下，刚而能忍"，有着标准的大将风度。他投降宋江，感于义气，有着深刻的价值认同的心理依据。惜乎一入集团，和众将一样，均不再有神采。

一百二十回本《水浒传》第八十二回写宋江全伙入城朝觐，天子引百官在宣德楼上临轩观看，但见：

帝阙前万灵咸集：有圣、有仙、有哪吒、有金刚、有阎罗、有判官、有门神、有太岁，乃至夜叉鬼魔，共仰道君皇帝。凤楼下百兽来朝：为彪、为豹、为麒麟、为狻猊、为金翅、为雕鹏、为龟猿，以及犬鼠蛇蝎，皆知宋主人王。五龙夹日，是入云龙、混江龙、出林龙、九绞龙，独角龙，如出洞蛟、翻江蜃，自逐队朝天。众虎离山，是为插翅虎、跳涧虎、锦毛虎、花项虎、青眼虎、笑面虎、矮脚虎、中箭虎，若病大虫、母大虫，亦随班行礼。

这篇赋赞文字，巧用好汉的绰号，极力形容并展示了他们的猛烈身姿。这帮龙虎雕蝎，都入了"礼"之彀中，他们再勇猛如天神，也都是太庙的牺牲品。

败将高俅

一、兵家之忌

李卓吾曾愤愤言:"官大哪里便算得人?"

高俅平时沐猴而冠,倾陷忠良,等他赤膊上阵时也竟如死狗一条。

他总结童贯失败的教训是不能对症下药:"贼居水泊,非船不能征进,枢密只以马步军征剿,因此失利,中贼诡计。"他发起的是水上作战、水师进剿。他向皇上请示:"梁山泊方圆八百余里,非仗舟船,不能前进。臣乞圣旨,于梁山泊近处,采伐木植,命督工匠造船,或用官钱收买民船,以为战伐之用。"这些都不失为太尉局度。

手中有权,调度军马也方便又有气派。颇见高俅诡狡的是他鉴于梁山放回童贯的部将的不良影响,"今后不点近处军马,直去山东、河北拣选得用的人",他能认识到梁山遣送战俘是"故意慢我国家",也算伶俐。

让人感到啼笑不得的是,高俅的"那十个节度使非同小可","旧日都是在绿林丛中出身,后来受了招安,直做到许大官职,都是精锐勇猛之人,非是一对建了些少功名"。

由此看来，"要做官，杀人放火受招安"，的确是普遍事实，此其一；其二，国家的府兵皆不如这"绿林兵"能征善战、精锐勇猛；其三，一受招安，反杀同类，并不自宋江始；其四，皇家是运用反风灭火的伎俩的惯家；其五，这帮人一成官奴便无所作为，如吴用所说"那十节度已是背时的人了"。

再往下看，便知高俅若胜，天理难容了。

第一，高俅"又选教坊司歌儿舞女三十余人，随军消遣"。此乃堕兵气象。

第二，"于路上纵容军士，尽去村中纵横掳掠。黎民受苦，非止一端"。此乃暴兵，哪是什么王者之师？仁义治兵更成天方夜谭。十路军马，下寨时"搬掳门窗，搭盖窝铺，十分害民"便是题中应有之义了。

第三，"高太尉自在城中帅府内，定夺征进人马。无银两使用者，都充头哨出阵交锋；有银两者，留在中军，虚功滥报。似此奸弊，非止一端"。

孙子曰："知兵之将，民之司命，国家安危之主也。"反过来说，品质心术不良的卑劣将领则是坑害人民、败坏国家的罪大恶极的大犯人了。

为将至少须有"五德"：智、信、仁、勇、严（《孙子兵法·计篇》），高俅可谓与将德件件相反。别的不说，未曾出师，他即残仁败法，内不修文德，焉能取得外战的胜利？张预注《孙子兵法》有言："以恩信道义抚众，则三军一心，乐为上用。"高俅用官场的窳败作风来领十三万大军作战，赏罚倒施，非财不亲，不用梁山人来冲撞，将自乱矣。

二、三复前术，三败成因

高俅用兵小有韬略，比童贯略能纳善言。开战之前，"高俅随即便唤十节度使，都到厅前，共议良策。王焕等禀复道：'太尉先教马步军去探路，引贼出战，然后即调水路战船去劫贼巢，令其两下不能相顾，可获群贼矣。'高太尉从其所言。"

这个方略从理论上说无可挑剔，但只是个意向，并不是作战部署，没有具体指挥各部如何投入战役的实际指导作用。"多算胜，少算不胜，何况无算乎？"暴兵必然骄横，只指望大军一到，那些"无端草寇，敢死村夫"望风披靡，视运筹为多余，更何谈战法、战术？

多亏绿林出身的王焕、项元在阵前不算输于"村夫"，使高俅得以"指挥大军混战"。混战而已，这才是村夫战法，哪有太尉身份，从何见太尉身手？水军刚一交手，高俅便周身"战患"了——"怠、疑、厌、慑、枝、拄、诎、顿、肆、崩、缓，是谓战患。"（《吴子·定爵》）

> 正行之间，只听得山坡上一声炮响。四面八方小船齐出。那官船上军士，先有五分惧怯。看了这等芦苇深处，尽皆慌了。怎禁得芦苇里面埋伏着小船齐出，冲断大队官船，前后不相救应。大半官军，弃船而走。梁山泊好汉看见官军阵脚乱了，一齐鸣鼓摇船，直冲上来。……（高俅）情知水路里又折了一阵，忙传钧令，且教收兵回济州去，别作道理。五军此及要退，又值天晚，只听得四下里火炮不住价响，宋江军马不知几路杀将来。高太尉只叫得："苦了也！"正是：欢喜未来愁又至，才逢病退又

遭殃。有分教：一枚太尉，翻为阴陵失路之人；十路雄
兵，变作赤壁鏖兵之容。只教步卒无门归大寨，水军逃路
到华胥。

——《水浒传》第七十八回

高俅那马步军引虎出山、水军捣虎穴的作战方针未得半点儿兑
现。陆地折将，水上溃散，未进水泊已只办得逃难一事，且资助山
寨战船无算。《司马法·严位》："凡大善用本，其次用末。执略守
微，本末惟权。战也。"《汇解》各家注都认为：本，指谋略，用智。
末，指攻、伐、击、刺，用力。翻译成白话，这段的大意便是：进行
战争，最好的方法是用谋略取胜，其次才是用攻战取胜。必须掌握
全局的形势，抓住具体环节，权衡本末。可是堂堂高太尉，动过这
种脑子吗？他打仗如做戏，只会混战，是在用兵，还是在送命？军
队一哄而上，没有梯队，没有纵深，没有接应，除了堆人命以外，要
什么没什么。

《司马法》还说："重进勿尽，凡尽危。"告诫武人即使兵力雄
厚，进攻时也不要把力量一次用尽，凡是把力量用尽了的都很
危险。

高俅果然成为失路之人："原来梁山泊只把号炮四下里施放，
却无伏兵。只吓得高太尉心惊胆战，鼠窜狼奔，连夜收军回济州。"
这叫"一败高俅"。

高俅稍事休整，又拘拿了些船只，又故技重演，"发三通擂鼓，
水港里船开，旱路上马发。船行似箭，马去如飞"。这是大背兵法
之举，只有蠢材才干的勾当。《司马法》早就总结过："复战，则誓以

居前，无复先术。胜否勿反，是谓正则。"无论胜败都不要重复上次的战法，这是起码的兵家常识。可是高俅毕竟与众不同，上次败于斯，这次还要重蹈覆辙。

他这一套，"梁山泊尽都知了。吴用唤刘唐授计"，结果是"刘唐放火烧战船，宋江两败高太尉"。那烧与三阮几个人烧何涛五百官兵一模一样。只是高俅在陆地水边，本要策应水军，只看见自家军校从水里爬上岸来，他在慌张之际，索超搦战诱敌，高俅哪知"轻兵进挑，阵而勿搏，交而勿去"的败敌计谋的道理，他贪战轻敌，击鼓而出，"高太尉引军追赶。转过山嘴，早不见索超"。却是林冲引军来，杀一阵，走不过六七里，杨志引军来，又杀一阵，又奔不到八九里，又被朱仝赶来杀一阵。"这是吴用使的追赶之计，不去前面拦截，只在背后赶杀。败军无心恋战，只顾奔走，救护不得后军。"此番重蹈前辙的"复战"，"整点军马，折其大半"。

高俅第三次进犯梁山泊，又是"水陆并进，船骑双行"，真有股韧愎不改其术的倔强劲。海鳅战舰，"两边水车一齐踏动，端的是风飞电走"。高太尉大喜："战胜必胜！"并先期庆祝胜利，"叫取京师原带来的歌儿舞女，都令上船作乐侍宴"，一连三日筵宴，不肯开船。出征时，船载着歌儿舞女，打着大红绣旗，上书金字："搅海翻江冲白浪，安邦定园灭洪妖"。与前次不同的是，高俅执意要在船上督战，他并不认为是"亲临险地"，高大快速的海鳅船给了他"军魂"，还有歌女伴定，船上更有火器压惊。

个中有个两难之理：进剿水泊，不动水师怎能取胜？既然是水泊中的强敌，又如何能在水上胜之？海鳅固然船大速高，但让其底部漏水，高又在哪里，速又在哪里？高俅在下沉的船上往高处爬，扒在舱楼上，叫后船救应，却被在水里拿人浑如瓮中捉鳖的浪里白条张顺给"救"了去。

旱路官军不堪一击，不值一提。

高俅第三次大败算是败到了家，受到了"炮凤烹龙、肉山酒海"的款待。园社出身的高二也不含糊，居然有兴致与浪子燕青做相扑耍子。一片游戏到底的风光。

吴起说过："若行不合道，举不合义，而处大居贵，患必及之。"

《孙膑兵法》单有"将败"一篇，像是专说高俅的：

将败：一曰不能而自能。二曰骄。三曰贪于位。四曰贪于财。……六曰轻。七曰迟。八曰寡勇。九曰勇而弱。十曰寡信。……十八曰贼（残暴）。十九曰自私。廿曰自乱。多败者多失。

古人论为将之道

我国第一部兵经《孙子兵法》十三篇，篇篇论将。《计篇》将决定胜负的因素抽象为"五事"："一曰道，二曰天，三曰地，四曰将，五曰法。"道是"大政治"因素，天地是客观形势，除了这些大前提外，便看将的智能了。《作战篇》总结说："故知兵之将，民之司命，国家安危之主也。"《谋攻篇》以下便是教导将帅如何指挥战争的具体论述了。《孙子兵法》的中心是个提高"将能"的问题，所以历代军政人物都以读懂、掌握《孙子兵法》为知兵之钥。庞涓为要孙膑默写此书，还延期处决他。"知己知彼""通于九变之利"等已成为全人类的口头禅。孙子在《九变篇》提出的为将"五过"的思想，对草莽英雄犹有针对性：只知死拼会被杀，只知贪生会被俘，急躁易怒会受不起刺激，廉洁自爱会经不起侮辱，爱护居民会因掩护居民而烦劳。"凡此五者，将之过也，用兵之灾也。复军杀将，必以五危，不可不察也。"

可惜吴军师没有对众头领进行军事专门教育，他们一边喝酒，一边只接受了宋大哥的德育。

孙武的后代孙膑不像乃祖那样把"将智"列在首位，而是强调"将义""将德"(《孙膑兵法》单篇论述)，已有些伦理外推、道德至上的毛病了。中国人相信这方面的重要性，已成为虚妄的迷信、人为的天灾。

按今《武经七书》的顺序，《孙子兵法》下边是《尉缭子》。尉缭认为："不暴甲而胜者，主胜也；阵而胜者，将胜也。"（《兵谈》）所以，他提出"重将""审将"的思想。他对将的全面修养提出系统的意见，集中表述在第七篇《十二陵》中。所谓陵，就是磨砺。十二陵是从正反两方面提出十二种经验教训，以资将帅在实践中自励：

> 威在于不变，惠在于因时，机在于应事，战在于治气，攻在于意表，守在于外饰，无过在于度数（反复思考），无困在于豫备，慎在于畏小，智在于治大，除害在于敢断，得众在于下人，悔在于任疑，孽在于屠戮，偏在于多私，不祥在于恶闻己过，不度（用度不足）在于竭民财，不明在于受间，不实在于轻发，固陋在于离贤，祸在于好利，害在于亲小人，亡在于无所守，危在于无号令。

翻译成白话文，其大意是：立威在于坚定不移，施惠要恰合时宜，应付事态要机智，作战时要善于鼓励士气，进攻时要出敌之意，防守要善于伪装隐蔽，思考周密才能不犯错误，有准备才能免困危，慎重表现为连细微的情况都警惕，能够统筹全局才算智将，消除祸患要勇敢果断，礼贤下士才能众望所归，放任地怀疑必后悔，滥行杀戮是罪孽，私心过重出偏差，不听批评意见者遭殃，耗尽民财军资无着落，上了间谍的当便难明真相，轻举妄动必无实效，疏远贤人终会固执浅薄，贪财好利必引来祸端，亲近小人终将受害，没有兵备会灭亡，号令不明危险大。

梁山泊只知练兵，不知练将。宋江是不会主动提高众头领的军政素养的，那样他们便不会愚忠愚义地跟他去打方腊了，宋江只侧重提高他们的道德观念，尤注重灌输忠君报国、封妻荫子的伦常价值意识。也不知吴用可曾看过《尉缭子》。

尉缭说的这些都是朴素实用的，对于农民、行伍出身的将领具有直接的教育性。

传为姜太公所作的《六韬》有专门的论述为将之道的篇章:《论将》《选将》《立将》《将威》。他说:"将有五材十过。"五材是勇、智、仁、信、忠，老生常谈，了无新意。所谓十过，颇有借鉴意义。他先列出十过的症状，然后指出危害:

> 勇而轻死者可暴(激怒)也，急而心速者可久(持久战拖垮之)也，贪而好利者可遗(赠送贿赂)也，仁而不忍人者可劳(使之疲劳)也，智而心怯者可窘(胁迫)也，信而喜信人者可诳(欺骗)也，廉洁而不爱人者可侮也，智而心缓者可袭(突然袭击)也，刚毅而自用者可事(侍奉、奉承之，使之疏忽妄动)也，懦而喜任人(依赖别人)者可欺也。

——《论将》

这是宝贵的经验之谈，凡人皆有弱点，将帅的弱点是危及全军的，为将者不可不明察。

《六韬·选将》总结出"八征"——八种考验将才的方法:

①提问题；②追问之，这是看他的一般水平及应变能力；③用间谍侦察他是否忠诚；④明知故问看他是否说真话；⑤让他管理财物看他是否廉洁；⑥用色试其操守；⑦讲危难看他是否勇敢；⑧"醉之以酒以观其态。""八征皆备，则贤、不肖别矣。"这些庸俗、琐碎的方法适应于早期战争情况，那时整个民族的智力水平、战争的方式等都还是比较低级的。但他列举的"外貌不与中情相应"的十五类人物倒是极精微有致、启人心智的：

> 太公曰：夫士外貌不与中情相应者十五；有贤而不肖者，有温良而为盗者，有貌恭敬而心慢者，有外廉谨而内无至诚者，有精精（极精明）而无情者，有湛湛而无诚者，有好谋而不决者，有如果敢而不能者，有悾悾（诚恳貌）而不信者，有恍恍惚惚而反忠实者，有诡激（语言奇怪）而有功效者，有外勇而内怯者，有肃肃而反易人者，有嘀嘀（躁厉貌）而反静悫（诚实）者，有势虚形劣而外出无所不至、无所不遂者。天下所贱，圣人所贵，凡人莫知，非有大明，不见其际，此士之外貌不与中情相应者也。

人们常说"知人者智"，因为知人太难了！可以作为"现象与本质"，这对哲学范畴的生动又丰富的例证。更何况，人是变化的。

立将威就比较简单了："将以诛大为威，以赏小为明，以罚审为禁止而令行。……刑上极、赏下通，是将威之所行也。"

梁山好汉之所以做了半世英雄，盖因其反贪官，不反皇帝，"刑不上极"，事实上连贪官也未能反掉，他们对童贯、高俅是巴结的。

替天行道的天将天兵，未能"诛大"，做其"威"只在里巷市井，只是布衣之侠耳。让武都头去杀蔡太师是"站着说话不腰痛"了，已出离了"为将之道"的讨论范围。

古人论将的精约格言相当丰富，如《吴子》的议论及吴起本人的"将道"就极有价值。荀子在《荀子·议兵篇》中提出了"六术、五权、三至"的为将之道，也是不刊之论。韩非子呼吁过"猛将必发于卒伍"。可惜成者王侯败者寇，武松等人的"将能"不会在樊哙以下，然而刘邦起兵夺了皇位，樊哙便是历史名人了，武松等只是民间人物，充其量也只是《将苑》中所说的"十夫之将"。《将苑·将器篇》，把将的"能级"划分为六个层次：

> 察其奸，伺其祸，为众所服，此十夫之将。
>
> 夙兴夜寐，言词密察，此百夫之将。
>
> 直而有虑，勇而能斗，此千夫之将。
>
> 外貌桓桓，中情烈烈，知人勤劳，悉人饥寒，此万夫之将。
>
> 进贤进能，日慎一日，诚信宽大，闲于理乱，此十万人之将。
>
> 仁爱洽于下，信义服邻国，上知天文，中察人情，下识地理，四海之内，视如室家，此天下之将。

这个递进的"能级"越高，越文人化，越与草莽英雄不相联属。

宋大哥想为众弟兄谋个出身，入肩正统，不量敢而进，断送了头皮。

《水浒传》不是写战争的"信史"，后来的起义军领袖将之视为军事教科书，无非是受其启发耳。也许是民间兵法的基础水平，使双方产生契合。其实《水浒传》毕竟是一部英雄传奇，众头领动人之处是他们的侠骨侠风，一百单八将也是民间说法。当然，如果不以历史名将为参照系，不过苛地以智能为标准，他们都是能驰骋战场的英雄。中国的旧小说，除《三国演义》外，所展现的将星，多是水浒风味的，说岳系列的小说，除岳飞还像个真将，余者皆是传奇英雄的风光了。杨家将中的将也是谁能在阵前厮杀，谁就是好将、大将。与《将苑》所说"勇而多计"的"大将"、天文地理无一不通的"天下之将"是两回事。

　　《三国演义》是旧小说写战争的标杆，但今人都知道那种"阵前苦斗貔貅将，阵下旁观草木兵"的格局绝对不是古人征战的实际情况。《水浒传》以降的说唐、说岳、杨家将系列故事就更是传奇了。

　　民间就是这样领会着为将之道。这种"庶人之议"是幼稚不足观的。

　　《战争论》的作者克劳塞维茨认为，军事天才的多与少、水平的高与低，取决于一个民族智力发展总的水平。

第十二章　老大难当

帝王们都自称真命天子，虽然他们走马灯似的被替换。

陈胜在鱼腹中发现了天颁的"委任状"，上书"陈胜王"，那是他自己放进去的。那么宋江挖出的那块座次碑，难保不是自己埋的，他便不再客气："鄙猥小吏，原来上应星魁，……各休争执，不可逆了天言。"堂皇地坐上了第一把交椅。

驾临四海的皇帝、割据一隅的"山大王"，都熟练地利用了"国人"对天的敬仰与恐惧之弱点。

王者的确有道。

领袖的魅力

关胜问阮小七的话，也是代代《水浒传》读者都要问的问题，不仅是，或者说不在于宋江是不是个小吏的问题，而是手无缚鸡之力的柔弱之人如何能"统豺虎"？类似的疑问，也发生在刘、关、张身上。当然，这都是年少之人的疑问，只崇拜力量，不知力养一人、智养一军、德养一国的道理。

宋江曾遭受种种批判，已是个满目疮痍、千疮百孔的受难者，金圣叹痛批于前，20世纪70年代的评《水浒传》运动使宋江这个文学形象享受了罕有的殊荣：当时家喻户晓，人人皆知，宋江是个投降派。这里，不做任何道德的、阶级的、政治的评判，只说两点：第一，他不能算水浒人；第二，正因他不是水浒人，反而成为领袖。这可与朝廷中文官辖武将现象、谋略学上阴制阳的道理合观。

一、性格："柔情似水"

水浒人的第一特征是不怕死。宋江最大的特点是怕死。《水浒传》第三十二回中，宋江被燕顺的喽啰绑在将军柱上，宋江为"断送了残生性命"嗟叹不已，"只把眼来四下里张望，低了头叹气"。第三十七回中，宋江被穆弘追得走投无路时，仰天叹道："早知如此的苦，悔莫先知，只在梁山泊也罢。谁想直断送在这里，丧了残生!"看来宋江爱命胜过爱名分。晁盖不该敬他,该吓他。尔后张横让宋江跳水自死,他那百般哀求的模样几乎是那一百单七人谁都没出现过的。第三十九回中,宋江题了反诗后,装疯卖癫,"倒在尿屎坑里滚"。第四十回中,宋江被胶水刷了头发,插上红绫子纸花,吃了长休饭、永别酒,"宋江只把脚来跌",他跌足长恨是为什么?如果打方腊时,宋江被捉住,他会像他的弟兄一样骂贼而死吗?

冯梦龙有言:"凡任天下事,皆胆也;其济,则智也。……故胆不足则以智炼之,胆有余则以智裁之。"(《智囊·胆智》)宋江绝不是一个满腹皆兵、浑身是胆的英雄豪杰,而是一个从头至尾完全彻底的小吏,有着小吏的智量、小吏的胆识、小吏的习性、小吏的追求。他之怕死,非但胆不足,智亦不济也。他既不能以智谋于前,消灾免祸,上兵伐谋,复不能以胆贯于后,刚勇克仇,凛然应变。而且,拨冗细看,他之能当寨主,此寨主一意谋取招安,皆因他怕死也。

宋江这个寨主是跪出来的!他遇人即下跪,遇事就流泪,颇多儿女相,颠倒缠绵,极有正常人的脾性。用个不贴切但准确的比方就是:他像梁山大家庭的主妇。正因为他阴性十足,反而在一伙野性男人中成为中枢,成为豺虎们都缺乏的另一极的代表,于是唯他能燮理阴阳,调和风雨。别人都不怕死,他怕死,便心深机深。别人活得无前忧后顾,他瞻前顾后,于是成了高屋建瓴、高瞻远瞩的领袖。世界真奇妙:胆怯者为虎胆之君!胆大生智,所谓大智大勇;胆小也生智,顾虑出谋略。何况,宋公明不乏吏术。李贽曾反复申言,宋江知雄守雌,是地道的黄老派头。

宋江成为众望所归的寨主,可敬可恶姑且不论,原因就是一个：妇人之仁。以妇人之仁驭那帮匹夫之勇，也算阴阳正道。

因为他胆小，所以一味地"央浼人情"，所以最怕听好话，最怕善意柔情的汉子们被他梳拢得心口顺贴。十两银子就买了个李逵死心塌地。宋江虽手无缚鸡之力，攻心功夫却独占鳌头。他赚了关胜、徐宁等朝廷将官后，紧接着就是接他们的老小。秦明满门被斩，宋江还做媒以花荣妹妻之。王矮虎的好色成为好汉们嘲笑蔑视的弱点，宋江却将威风凛凛、技压群雄的一丈青配给他，因为杀了刘高妻后，宋江答应给王娶一房好媳妇。而与一丈青般配的该是林冲、花荣。宋江柔性，能随物婉转，照应到方方面面，这里面的不公平是不能计较的。

所以说，不存在什么笼统的统治术、驾驭术问题，宋江也不是一味虚伪地哄骗弟兄。就是他这副妇人之仁的心性反而成为"梁山道"对位补偿的经典性的要义：共存忠义于胸，同著功勋于国，具体化为作为军政实体的梁山不可或缺的道与法。

《孙子兵法》云："道者，令民与上同意也。"张预注曰："以恩信道义抚众，则三军一心，乐为上用。"

恩信使民，正是宋江妇人之仁的最好结果和宋江领袖魅力的根本。他若不善"央浼人情"，弟兄们再重义气，也未必都跟着他去受招安。

"人心归于德"，且不说宋江奉行的德怎么样，但他确实以德化众，以道理众，将梁山军马凝聚成一个万众一心、共死同生的集体。弟兄之间，真做到了"若手臂之掉头目而覆胸臆也。如此，始可与上同意，死生同致，不畏惧于危疑"。这是梁山队伍特别具有战斗力的根源。

内德外法。齐众以法，一众以令。梁山的法制规模是另外一个话题。法令得以贯彻施行，人和实为其本。宋江的作用也正在这里。他能把一切硬性设施变成人情味很强的活动，他也讲条例，但尤其要突出仁心仁意。《水浒传》第四十七回中，晁盖要杀败坏了名声来上山的杨雄、石秀，宋江等劝住二人，然后抚谕二人道："贤弟休生异心！此是山寨号令，不得不如此。便是宋江，倘有过失，也须斩首，不敢容情。如今新近又立了铁面孔目裴宣做军政司，赏功罚罪，已有定例。"他自然比暴躁的晁盖能笼络人，这番抚谕无可挑剔，显示着恩信使民的良将风范。

第五十一回中有一段文字专写"山寨体统，甚是齐整"，所谓体统就是分拨外面守店的头领，安排守前寨、后寨、水寨，把关的头领。一丈青夫妇监督马匹，李应、蒋敬总管钱粮金帛，陶宗旺监筑梁山泊内城垣雁台，萧让、金大坚掌管一应宾客书信公文，裴宣专管军政司，赏功罚罪。及至第七十一回排座次时，梁山的体统就更严密、周全了。

梁山弟兄虽以义气结心，却不能不排座次。每有新人上山，他们就得争让一番。第七十一回中，诸神归位，正式排座次，来了个天神安排："忠义堂石碣受天文。"李贽曾说过，这是宋江的巧安排，天书正是人造的。

当时何道士辩验天书，教萧让写录出来。读罢，众人看了，俱惊讶不已。宋江与众头领道："鄙猥小吏，原来上应星魁，众多弟兄也原来都是一会之人。上天显应，合当聚义。今已数定，上苍分定位数，为大小二等。天罡地煞星辰，都已分定次序，众头领各守其位，各休争执，不可逆了天言。"众人皆道："天地之意，物理数定，谁敢违拗？"宋江遂取黄金五十两，酬谢何道士。

——《水浒传》第七十一回

李卓吾戏评曰："既有黄金五十两，人人都是何道士了。"

排座次是法，是定秩序，然而法的背后是术。

鄙猥小吏应了星魁，便是神授寨主了。宋江与以前一贯"央浼人情"的大哥不同了，独裁者的脾性开始逐渐展露，他斥骂李逵，并要立即斩讫报来，连武松这个"晓事的人"也受到了申斥，与当年在柴进庄上依依惜别、孔家庄洒泪而别倾心相嘱的劲头大不一样了。李逵酒醒之后，众弟兄引着他去堂上见宋江请罪，宋江喝道："我手下许多人马，都似你这般无礼，不乱了法度？"

宋江要去东京看灯，连吴用也苦谏不了。哪里又有什么法、程序、限制及分权之类？

二、文化：内德外法

我们先看看宋江的知识结构：核心、外围相关、边缘三部分的具体情形。其核心一言以蔽之，只知忠义。中国的文化、教育本是教化型。宋江念书不多，却能直指本心一脉真，牢不可破地拥有了忠义大道理，这是宋江当大哥的基本的看家功夫。他用忠义改造队伍，并终于用这样训练过的军队实现了自己的忠义宗旨。外围相关知识在中国古代的教育模式中本是末技层次的小道，但在宋江（当然不独他一人如此）的实际行动中却是具有实效的手段。综合宋江的实际情况，其文化结构大端有二：一是黄老之术——以柔克刚，尤其表现为虚已应物的"体贴功夫";二是刀笔吏的职业技能。刀笔吏是一派法家风光,法家本是吏阶层的理论代言人,又在以吏为师的治国传统中交互生成。宋江这方面的智能对梁山的"法度"建设大有贡献。别看一个"文面小吏",还是一块儒、道、法的合金,跟历代帝王殊无二致。其边缘知识,便是泛泛的社会经验了。他粗通拳术棍理,还能点拨孔明、孔亮这类武术不精的人。别的专门知识或技术就谈不到了。"刘项原来不读书!"项羽还学了两天"万人敌"(兵书),只是"书未竟",就去冲着秦始皇的官车喊"彼可取而代也"了。宋大哥呢,闲来也只翻翻"九天玄女课"。

这种文化结构的人能产生高质量的决策?能有创新的军政思维?《战争论》的作者克劳塞维茨断言:"不具备卓越智力的人,在军事行动中是不可能取得卓越成就的。"宋江在军事行动中离开吴用,几乎就寸步难行。

他们往往更是不学有术者,如刘邦,如朱元璋,等而下之,如宋江。他们的术又尤其表现为"善将将"的组织才能。这是韩非子在《主道》一文中高度理论化地总结过的国粹,当然不看《韩非子》的宋江们也深知个中三昧。不管是凭借天意,还是宋江的能力,他当大哥还当得挺能服众。

夏志清认为,李逵体现着宋江的潜意识,每当宋江压制李逵的反志时,都是在镇压自己内心中另一面不可告人的隐秘。这样看来,宋江是个不敢正视自己的内心世界,也缺乏足够的心理学知识,不能正视自己的潜能的人了。

莫说小吏出身的宋江,博学的翰林大学士也不敢动问一声:"我为什么死命保一个昏君呢?"苏东坡是上智之人,而且是很有骨气、极清高的大文人，他屡屡遭贬、颠沛流离，尚不怀疑天道可疑，更不敢明骂君王无知、不明是非了。这个问题在传统理路中是个伦理问题，不是个认识问题。这个权力神化的公设便奠定了全部反智论的前提，并本身就证明了这种意识形态体系的反智根性。宋江能不以受招安为荣吗？就他本人而言，他虽屡有功成虚度的嗟叹，但自感还是成功了，且不说由小吏而大员，天恩浩荡，就是一世清名、百世流芳的名誉感，就有足够的心力使他药杀骨肉情深的李逵。

美国研究"大战略"的学者约翰·柯林斯在分析"成功的战略家的特征"时指出，必须具有革新思想，"像历史上其他战略大师一样，他们一般都有以下特征：多智慧，有思想，敢怀疑，有耐心，博学多才，擅长分析，虚心好学，有自信心，能够研究，富有想象，尊重客观，善于表达。"(《大战略》)

宋江坐梁山义军第一把交椅，是梁山的战略决策人，但是以上特征他符合几条？中国古人当然不一定要符合美国今人开列的标准，但约翰说的是历史人物，而且这些特征并不高难神秘。更让人悲凉的是，就宋江这两下子，已经让当权的高俅辈嫉妒得要死了。皇帝申斥"四贼"的主要判词是"嫉贤妒能"，这当然也是作者的解释。呜呼！

苏沃洛夫说过："无知比敌人还坏，它可能葬送整个军队。"不幸言中。

怎样做皇帝

神龙见首不见尾，这是据说。

真龙天子是见尾不见首，这是三千年的家常话。

跨马皇帝白手起家，与一群穷哥们儿摸爬滚打，九死一生，首尾全露。一为至尊，便隐心藏思，令人难以捉摸，这是故意的见尾不见首之"君人南面之术"。

久经大一统后的小皇帝们便不再像秦二世那么"自小"了，他们自知身价极金贵，放屁亦金声，他们之见尾不见首，多是玩去了，炼丹、周猎、泡妞、懒得上班而已。

宋徽宗可在风流皇帝谱中占一席之地，更可在亡国之君的队列里出人头地。他在《水浒传》中像《日出》中的金八爷一样，就是不出场也至关重要，制约着所有人物的命运。

让一个不经过考试、选拔的人管理一个国家，决定全体国民的命运，这是人类社会的怪现象，却是古代中国三千年的当然之理、天经地义。国家和国民的命运便维系在这个人的心性是否正常、智商高低上了。碰上昏庸残暴、荒淫腐化的，便民与国俱倒霉；碰上好大喜功、乱砍滥伐的则是另一种倒霉；若皇帝能与民休息，则是名副其实的圣明天子了。

在君与民这两片饼干之间，所夹的心是各级臣僚。国家状况好，臣对君说："皆赖圣上洪福。"宋江受招安后每次出征得胜归来，见了皇帝都是这句话。出了问题，臣民们不敢怨君，只把矛头指向若干臣子，君若客气点儿，下个"罪己诏"，多是欺骗舆论，抛出几个替罪羊或真凶以谢天下；若不客气，便全推责任于下级，奸臣成了君民两方面归罪的承担者。反正"天下无不是的君主"，谁要不想死的话，就别怀疑这一点。而皇帝之所以要只"南面而立"、见尾不见首，正是为了"操正以正奇，握一以知多"，从而无论怎样，都是他最正确有理。《管子·明法》早就有所总结："明主操必胜之数，以治必用之民，处必尊之势，以制必服之臣，故令行禁止，主尊而臣卑。"

《韩非子·主道》则说得更"一针见血"：

> 明君无为于上，群臣竦惧于下。明君之道，使智者尽其虑，而君因以断事，故君不躬于智；贤者敕其材，君而任之，故君不躬于能；有功则君有其贤，有过则臣任其罪，故君不躬于名。是故不贤而为贤者师，不智而为智者正。臣有其劳，君有其成功，此之谓贤主之经也。

如真能做到这种程度，还算真正的贤主呢！尽管这本是相当圆满成熟的反智论、深刻周至的"尊君卑臣"经义，但毕竟算是集中群策群力的一种程序罢，而且是正面承认了君可能"不贤""不智"。这样的贤主不算罕见，也不多有。这本来是补救君主不够贤、不够智的办法，只要君主有正常的分辨是非的能力，择善而从，赏罚公正又及时，则可望天下大治。但君权得不到限制，又不接受检查，本身便易失误。再昏庸一些、残暴一些，便能将天下倒置起来。当然，"有过则臣任其罪"，有人当罪，君主能悔过自新，下不为例？西方基督徒说："一切荣耀皆归上帝。"中国古代臣民们也这样说天子，但天子毕竟不是全知全能的上帝。

宋徽宗与蔡京等贼臣正好配在一起，便是昏君奸臣珠联璧合，天作地设，成龙配套，弄个"靖康之耻"是水到渠成之事。宋徽宗自作自受，不在话下，只是难过了大宋的百姓。贼臣替徽宗顶了败国的罪名，徽宗也给了他们几十年的富贵，赵佶的推诿术成功，贼臣的拍马术成功。但当赵佶北狩、童贯坐诛时，是谁的术成功了？

但也不能说他们的统治术是失败的。若说统治国内的人，尤其是收拾宋江这样的"送货上门"的痴汉，他们没有失败，而是获得了极大的成功，成功得无以复加，以至及身而绝。内战内行的胜利果实便是外战无人。有多少人视小说为历史，为水浒好汉被害故而无人敌金兵而叹惜？从理论上讲，任何玩弄权术不治本的统治者，只活在权宜之计中，是必然要自食其果的。但古代社会效率低下，挑战不那么急迫严峻，有些"政治魔术师"平安谢幕，徽宗及其贼臣算悬戏法没变过去，当场决撤了。然而，他们是败于友邦而不是败于家奴，唯此一点可以让他们欣慰，尽管败于友邦的滋味也并不好受，或更不好受。这对于意志薄弱又风流敏感的徽宗来说，更是难堪至极、苦不可言的。

当他坐在北方的地窖里，坐井观天时可曾后悔？他可曾自命一试题：假若我再重新当皇帝？

《水浒传》未写，我们不便代他答卷。但《水浒传》写了他怎样当皇帝，而且是用多少带着同情这位最后倒了霉的皇帝的笔意来写的。还有便是谁也不敢谤君这个大前提，所以，小说对这位皇帝的描写基本上是没有什么夸张的，使我们可以借《水浒传》的交代说说这位皇帝老儿的为政之道，不长人智量，也长人见识。

宋代兄传位于弟的事凡几起，初如太祖传太宗，后如南宋高宗赵构本是钦宗的兄弟，别的就不必说了，贯穿《水浒传》的值日皇帝是徽宗，他本是上任哲宗的御弟，当皇帝前叫端王：

> 排号九大王，是个聪明俊俏人物。这浮浪子弟门风，帮闲之事，无一般不晓，无一般不会，更无般不爱。更兼琴棋书画，儒释道教，无所不通。踢毬打弹，品竹调丝，吹弹歌舞，自不必说。
>
> ——《水浒传》第二回

他与高俅"一见钟情"，原本是具有"同构"的。

而且，成龙配套，唯这样的人当皇帝，高俅这样的人才得以当太尉。童贯、杨戬这样的内侍出身的人才如鱼得水、大权在握。臣僚之间官官相护的恶习，也是"乱自上作"。像赵佶这样的败家子哪管什么祖宗基业、天下生灵，只图痛快眼前，真是个地道的水浒人。

平心而论，这位九大王，没有政治才能而已，还不是那种好乱乐杀、暴虐歹毒的人。他大概准备以亲王的尊贵与安闲玩他一世拉倒，没想到走上祭坛，当了个天下最大的"玩主"。他在位三十来年，只讲究一个"玩"，"昼行富事"，白日宣淫，夜间再从地道去找李师师，是完全彻底的"浮浪子弟"而已。凡是玩的项目，他都上马，而且终生乐此不疲。能陪他玩的高俅、童贯、杨戬自然比能征惯战的人在他眼里、心中更有地位。更兼宋代文官管武官，副将冲锋、正将请功已成体制，于是高俅、童贯辈皆是要职正身。大贤处下，不肖处上，冠履倒施已成为"正常"现象。上有所好，下必甚焉。忽视民情，势难收揽民心。蔑视正道，必朋比为奸，奸臣护贪官，必终导致"官民对立"，朝政日非。

莫怪奸臣不为国家出力，各级吏僚"夹带"徇私，皇帝都不为国家出力，终日以玩表率群臣天下，封建政体即使是万能的也要出问题的。清人采虹桥上客在《后水浒序》中说那个社会已经"偏瘫"了：

> 天下犹一身也，天下之在一君，犹一身之在一心也。一心不能自主，则无气削弱，邪气妄行，遂使四肢百骸，不壅即肿，虽有良医，莫能救其死。如宋徽、钦二帝，无治世之才，任用奸佞，以致金人自北而南，一身尚无定位，岂有余力及于群盗？故前之梁山，后之洞庭，皆成水浒以聚不乎之气。……种种祸端，实起于贪秽之夫，不良之宵小，酝火于邓林之木，捋须于猛虎之颔，一时冤鸣若雷，积怨成党，突而噬肉焚林，岂不令鳌足难支，天维触折哉？请一思之，是谁之过欤？……虽能贤臣能将吐胆竭忠，亦莫如之何矣。况妒贤嫉能犹瞽惑不已，正如人之半身，气血已枯，萎如槁木，而只一手一足尚不知惜，犹听信谗谀，日移日促，希图一日之安，即至沉晦丧亡，惟

恐盗贼之侵，绝不悔自无才之失算也。嗟嗟！

所谓"盗贼"是奸臣逼出来的，那么奸臣是谁造出来的？如果说这个问题不仅关乎历史还关乎人性，不能简单作答，那么奸臣得志遂心、败国误国的行径持久不衰，谁来负责？皇帝能辞其咎？皇帝不长期宠信他们，他们能为所欲为？

宋大哥一再向众弟兄说："圣上至明，只为被奸臣闭塞，不知我等忠心。"他这成了上堂诗、口头禅一类的宣传，要么是由于愚昧，要么是出于虚伪。其实，二者兼而有之。宋江在自欺欺人，他之所以毫不脸红地长期宣传这个信条是有已成为传统的忠君观念做意识背景的。

负有管理天下重责的天子竟是个纯粹的花花公子，这是一个多么大的玩笑？是古老帝国、天子如神明般的意识形态传统的一个多么致命的讽刺？

这类花花公子与有意识地与民休息的帝王有着相当大的区别，与那些开明的诚心管好国家的帝王就更相去甚远了。唐太宗将"亲民之官"如太守、县令的姓名书于屏风，"其人善恶，必书其下，是以州郡无不率理"（《通典》卷三十三）。宋徽宗连宰辅重臣都管不好，遑论其他。因为宋徽宗的优势需要是玩，而不是治理天下。奸臣一奏请到"艮岳"去玩便万事不再追究了。宋徽宗之"无术"以引来金兀术为结局，在弱肉强食的时代是当然之理。

就是励精图治的英明君主，尚不能功德圆满，尚不能保证不出现社会问题，像宋徽宗这样玩忽职守的皇帝，固然不会推行什么出发点好但效果坏的变法功令，但更不会推行什么强国富民的好政策。他连忠奸贤愚都分不清，从头至尾是个任性的顽童、但求快乐不问前程的玩主，国家能不偏瘫吗？

他与西门庆有本质的区别吗？若有，就是他永远不会犯法，因为法就是他家的。童贯辈则是他的应伯爵之类。在以他为纲的生物链中，他也不怕什么寻仇的武松。西门庆纵欲，人皆斥之。而宋徽宗去李师师处还是他最值得歌颂的一幕呢，因为此举毕竟能使下情上达了。

奸臣闭塞圣聪，之所以那么国运攸关，盖因为那种行政体系太独裁了。庞大的国家运用纯粹的彻头彻尾的下对上负责的机制，越往上越独裁，千头万绪到了"孤家"那里只有一丝半气，再被四贼一卡，真是皇上再圣明也难理好这团线，也难纲举目张。清末有副对联描绘那"亲民之官"："下官拼万个头，向上司磕去；尔等把一生血，待本县绞来。"（《清稗类钞·讥讽类》）拾级而上、端居塔尖的便是万岁爷。武松杀西门庆时的万岁爷是与西门庆德相当、才不如的赵佶。

宋徽宗这条真龙能显原形于天下吗？不能。他若一显真身，全象都露出了大官人的猪狗态。于是，见尾不见首便成了他的自然智术，也正因他可以见尾不见首，便更可以随心所欲了。他显形于民间只有两处，一是钻地道去李师师家，一是在师师床上做了一个梦，梦游梁山泊，对着一帮冤魂还要求"寡人可以观玩否"？宋江等还得"再拜谢恩"。

赵佶见尾不见首与高俅无形暗处害林冲（详见本书第一章"兵法本于王制"节）是一体一用，又是成龙配套的。

千言万语，一句话："天下之大害者，君而已矣。"（黄宗羲《明

夷待访录·原君》)

能保境安民的守城卫国之器，四贼早替兀术剪除了。有趣的是"伏机自触"：徽宗北狩、童贯辈坐诛尔。

他为什么不能稍微聪明点儿？或曰：为什么不能把那份玩的聪明用到正经事上一点儿？他们只需要赏罚公正及时一点儿，就不致覆驾败绩。那些后主们哪个不是才华横溢的玩主？他玩历史，历史玩他们。对他们自身而言是砍平了，对于历史本身呢？也砍平了。金、元胜了宋，结果是民族大融合。

多少人处心积虑地谋取王位，这类后主们却心不在焉，昏聩成性，还抱怨不称心，莫非宝塔层层是围城？

宋徽宗这个头号水浒人，演着没有剧的剧，站在龙楼凤阁上，欣赏着他治下的人间话剧，莫名其妙地成了金人的战俘。一说宋徽宗死于北迁的路上，一说他死于过了十年土窖生涯之后。他的尸骨终于南还，只是没法分辨是人骨还是猪骨，那是死无对证之事，反正仪式还得足够堂皇。这个活在仪式中、玩在仪式外的亡国之君，和那些像贾府的焦大一样忠心耿耿的忠良们一起做了"话头"。只是在这"却喜忠良做话头"的说书人的事业里，他不得不灰溜溜地站在仪式的那一边，作为残害忠良的奸贼的保护伞尴尬地僵立在那里。那真龙天子的伞当然是"华盖"，倒成了后来全面走下坡路的封建社会的一个象征。运交华盖欲何求？

第十三章　每当秋风思猛士

文化小吃：夹心饼干

《水浒传》以豪放、刚猛的调子开头，却以幻想破灭、听天由命的悲怆调子结尾，因为作者确实为孔孟教义和豪侠心肠终不能战胜邪恶而感到迷惘。当我们在忠奸斗争、奸臣执政、忠臣淘汰的层次上悲愤一番之后，不能不深而思之：这是在劫难逃的吗？忠义的教条及履行忠义的汉子真无路可走吗？为什么？仅仅是因为君昏臣奸吗？小说作者所惋惜的变成正面立论，便是：如果君明臣良，则天下升平，贤得大用，不肖处下，仁政与公道一起昭彰。事实上，这也只是平庸的经验主义的老生常谈。历史本身并不以这种善良愿望为转移。

一部《水浒传》好似一块夹心饼干。一片是单个好汉的英雄举止及其信条，一片是英雄好汉受招安后忠君报国却被奸臣暗害的过程，中间黏合两片的核心是行帮道德。行帮道德先对英雄个人完成一次否定，所谓忠奸斗争又完成第二次否定：一百单八将受招安后不但不再反官府，还成为官府的鹰犬，保存了结伙的整体性，却走向了起初追求的反面。枢纽即是行帮道德压倒个人英雄主义。这正是《水浒传》成为一个政治寓言的秘密之所在，是比忠奸斗争更为根本的一个肯綮或曰纽结。宋江作为行帮道德的集中体现者，将两片饼干粘在一起。这从头至尾是一篇道德账，而且是中国式的没有知识的明晰性的道德账，这个过程及其所体现的理路都是反智的。

这个以暴抗暴的团体终回归"暴统"（不是什么政统、道统，专制政体一言蔽之：暴统而已），本是一个一种反智力量被另一种反智力量消化、消灭的问题。小说作者的那份淑世悲怀，却把宋江这种文雅体面的造反者与李逵这种淳朴凶残的无政府主义的造反者合塑成一股有益社会的仁义之师、比不公不义的官府强得多的社会力量，唯他们能除暴安良、杀富济贫，解决公道不彰的社会问题，于是一股恐怖力量变成了本质上极文明且正义又忠义的拯救社会的在野集团。这样，这支义军的被吞噬便成了野蛮吞没文明、卑鄙战胜高尚的问题。这只是一种人工状态，不是具有客观有效性的学理命题，因为它与作品的实际信息有距离，若再用信史校对，便更见距离。

往好处说，宋江统帅的军人具有墨子的"兼爱"流风（鲁迅先生早就说过：墨家的末流流为侠）。"非攻"是谈不上了，《水浒传》是"攻击与人性"一类心理学著作的血肉注本，但宋江对皇家是具有非攻精神的，这是片面道德观的产物。这个片面的道德观当然主要是儒家教化出来的，但暴家的原则也殊无二致（详见《墨子·兼爱上》）。宋江更接近墨家的是知识论上的近神鬼态度，这种态度在历史流程中以义和团作为最后成果。墨家和儒家一样都是重义轻利的，"天下莫贵于义"（《墨子·贵义》），"义，利也。"（《墨子·经上》）

下面墨子的一段话，移过来概括《水浒传》作者的思想基础是非常恰切的：

义者正也。何以知义之为也？天下有义则治，无义
则乱。我以此知义之为正也。

——《墨子·天志下》

作为水浒人灵魂的义，一是英雄信条，二便是这种"正"。

另外，墨家的尚贤、力行精神，也是作者歌颂好汉的一个价值
取向，而且是贯穿性的、极易与英雄行为沟通的取向。早期儒家的
主智倾向、相互制约的君臣间的双方道德观，在水浒人中是鸿爪也
无的，有的只是"忠孝"二字，而且是片面的、反智的。道家的反
智，有庄子的"超越反智论"一派，这是文人的心路，不关治道，而
老子的愚民主术的反智思想被后世的统治者系统地权谋化，则是
常识。这里只强调一点：黄老的那一套智术，是工具性的，从价值
论角度看却是最反智的，是收拾人的坏手段，是恶化人性的思想武
库，宋江自家的性命就先被其坏了。

《水浒传》中虽有不少杂智小慧，本质上却是一部"反智大全"，
至少是"智性"的反面教材。无法无天的造反者也许能重振公道，
却不会创建出新秩序。这正是以"人活一口气"为风格的水浒人的
内在悲剧。《水浒传》本身却有这种智识论的意义：揭示了所谓文明
乃是野蛮的，而野蛮的则更自有野性在，却比貌似文明的还真实可
爱些。不是我们在说绕口令，问题本身比这还缠绕得厉害，几乎是
不可解的自缠绕。

更值得重视的是，这还不是一个秀才学问能解决得了的问题，
因为它是一个思想传统问题，从而是一个历史现实问题，必须由社
会的知识化这种现实运动来清理。

天变，道亦不变

据信史载，宋江起义的规模较一般，更无征辽、平三寇的赫赫战功。真正去打方腊的是童贯，而且是从与金人对垒的前线撤下兵来去打的，与镇压杨幺一样，在友邦与家贼之间，先安内后攘外！内是安了，但外却无法"攘"了。

这在中国历史可算不上空前绝后的创举。如果习惯即算传统的话，这可谓专制君主的一个不变之道了。国姓换了，但这个道性却不变，这叫"天变，道亦不变"罢了，遗传基因不限于血缘了。

明代受招安的海寇郑芝龙与《水浒传》中的宋江差不多，"败官军不追，获将士不杀。当事者遣使抚谕，遂降"。郑芝龙投降后替朝廷"先后击杀群盗李魁奇、钟斌等，擢授游击。后又平巨寇刘香，海氛渐息"(《明鉴》卷十五)。高迎祥、李自成就像方腊了：称王死战。

梁启超相当重视小说的作用，重视得过了头，成了唯心主义：

> 今我国民绿林豪杰，遍地皆是，日日有桃园之拜，处处为梁山之盟，所谓"大碗酒、大块肉，分秤称金银，论套穿衣服"等思想，充塞于下等社会之脑中，遂成为哥

老、大刀等会，卒至有如义和拳者起，沦陷京国，启召外戎，曰惟小说之故。呜呼！小说之陷溺人群，乃至如是！乃至如是！

——《论小说与群治之关系》

这太抬举《水浒传》了。按梁的逻辑，被列为禁书的《水浒传》若真从地球上消灭得片字也无，则不会有晚清的会门与"拳匪"，从而也不会招来外戎——八国联军了。这样说来，办理销毁禁书案的官员们成了亡国的罪魁、八国联军的"上间"或曰大奸细了。

这不是梁启超一个人的创见，在他的前前后后类似的议论是不胜枚举的，值得特别一引的是刘治襄《庚子西狩丛谈》上的一段话：

义和拳之乱，所以酿成大灾者，原因固甚复杂，而根本症结，实不外于二端：一则民智之过陋也。北方人民简单朴素，向乏普遍教育，耳目濡染，只有小说与戏剧之两种观感，戏剧仍本于小说，括而言之，即谓之小说教育可也。小说中之有势力者，即谓之小说教育可也。小说中之有势力者，无过于两大派：一为《封神》《西游》，侈仙道鬼神之魔法；一为《水浒》《侠义》，状英雄草泽之强梁。由此两派思想，浑合制造，乃适为构成义和拳之原质。

且不去计较此公的观点是否片面，义和团的黄旗上确写着"替天行道"，还有"扶清灭洋"。扶清灭洋，是为保境安民从而受招安模式的再版——分毫不差的再版。二者的结局也相似，慈禧太后给拼杀的拳民们背后插了一刀，结果便是全面殖民地化。

一姓皇权，易姓之途有三，一是奸贼篡权，二是家贼夺权，三是外贼入侵。这似乎也有个三部曲：奸贼误国败国，民情汹汹，举而起义，虎视伺机的外贼乘虚而入。明清治重臣篡权有效果，没有发生成功的篡位政变事件。但后两项却是并驾而来，双管齐下。人们都责备《三国演义》的历史循环论，因为它概括得太形式化了：天下大事，合久必分，分久必合。只是没人说后来这分分合合是读了《三国演义》的缘故。

《三国演义》更多的是官方意识形态，《水浒传》更多的则是非主流、非官方的在野之声，所以被主流话语严格禁限。凡不满现状者，容易从《水浒传》中找到"现成的思路""现成的词语"，至少可以直接借用其中的口号和名号。旷世奇才石达开还自称"小宋公明"呢，有趣的是这"小宋公明"不仅不见容于大清王朝，尤不见容于洪大哥的天朝。也许是天地会借用水浒人的思路、词语最多，罗尔纲先生才写了《水浒传的理想与天地会》。

每当秋风思猛士，文学上模仿《水浒传》的就更多了。从《说岳》《杨家府演义》《呼家将演义》等英雄传奇到《三侠五义》等武侠小说，是条兴旺发达的獭尾。

把文化政治化，是政教合一的国家的题中应有之义。只是古代中国的文人敏感得深文凿枘，用惯了微言大义的读经法，小说也都成了寓言。无论是赞是骂，都上纲上线。他们尤擅道德批判，而礼教体系中的道德又是尤其政治化的。忠也道德，义也道德，而忠与义在中国古代政治中一直占着显赫地位。

俞万春写《荡寇志》就是为了正名："深明盗贼忠义之辨，丝毫不容假借。"剥夺了宋江等享用忠义的"政治权利"：

> 心里强盗，口里忠义。杀人放火，也叫忠义；打家劫舍，也叫忠义；伐官拒捕，攻城陷邑，也叫忠义。看官！你想这唤做甚么说话？真是邪说淫辞，坏人心术，贻害无穷。
>
> ——《荡寇志·卷一》

类似的议论多极了，连李贽都认为："施、罗二公，真是妙手。临了以梦结局，极有深意。见得从前种种，都是说梦。不然，天下哪有强盗生封侯而死庙食之理，只是借此以发泄不平耳。读者认真，便是痴人说梦。"（明容与堂本《水浒传》第一百回回评）

呜呼，反对宋江受招安的人，从蔡京、高俅以降直至俞万春之流，远远比从责备投降角度来批判宋江的多多了。俞万春辈是连梦也不让说，比四贼更严厉了。假洋鬼子不让阿Q革命，这一心态，可真够有文化的。

使智用术、赚人赚城，最后为赚个青史留名，赚个封妻荫子，他们回归正统，结局说不上谁赚了谁。要做官，杀人放火受招安，宋寨主赚个了朝廷命官。但朝廷也赚了他们一干人的性命。

尽管再也不会有人借用水浒人的绰号及口号了，再也不会有人视《水浒传》为军事教科书了，那些杀人放火的技巧、朴刀杆棒中的生意也再也没有教育作用，就是热爱武侠小说的读者也必数典忘祖，沉醉于金庸等新武侠小说，而不再接受《水浒传》的话语系统了，但《水浒传》中的阳谋、阴谋并没有因古老而陈旧，而是像古典音乐一样，其中的情感形式、致思理路已融入后人的情感形式中。更何况人文世界具有在劫难逃的重复性！

再过一千年，研究历史或研究人性的人还是会读《水浒传》的。

据说痛饮酒、饱读《离骚》即可成名士，那么痛饮酒、饱读《水浒传》即可成壮士。那么，我们喝酒！

或问（代后记）

或问：水浒人使智用术最大的特点是什么？答曰：见机而作，可长可短。英雄好汉主要用阳谋，王八蛋则主阴谋，而且是无形程度相当高的阴谋，从收拾林冲到药死宋江，整个一套流氓术。单是厚黑才只得其形，未著其神，其神是无形，万物一旦成形就有破灭时，唯无形永远胜利。无标准、无规则、无章法，更无道义可言，暗中击人于不知的流氓，最容易得手。从刘邦到袁世凯大凡如此。本书再三叹及的"阴制阳"盖为此而发。英雄好汉强攻了许许多多，却被王八蛋软取了。这叫斗智不斗力？

问：水浒人的心术行径究有何可取之处？答曰：须细看，不能下综合判断。从道君皇帝到王婆、牛二这种王八蛋系列的人物，不管智浅术深与否，用一言以蔽之：赖而已。英侠中也有末流，迹近流氓。即使是标准的平民英雄、素受爱戴的布衣之侠如武松、石秀，也会私相报复、以毒攻毒，虽带给弱者重摄公道的快慰，终究是反民主人格的冷面杀手。唯智深是真佛，不须放下屠刀，盖因其不从一己利害出发，纯为公道而战耳。

或问：替天行道何所谓？答曰：给死人输血也，大无畏。天道本已可疑，还做屈原忠诚状，徒自我捉弄尔。一个虚化的天道，似乎统领了绿林豪侠杀人放火与受招安打方腊的一致性，其实却是将英雄好汉推向了自相矛盾的奇异的循环中。写宋江受招安是遵循了那个国体的"历史理性"，无奈那个理性本身已自相矛盾得不可救药，专门捉弄效忠者，远如屈原，近如宋江的"同年"李纲、岳飞，文如苏轼之类。哪个朝代避免了奸臣当道、忠臣被害的苦情滑稽剧？宋江这个文学形象自然是"有命无运"了，在实现了小吏的理想之际被鸩身死，还被嫉妒不已：岂能破格提拔贼寇？真是如同看风水，父作子笑，子作父笑。

问：何谓陷阱自备？答曰：势无恒态、智无常局，克敌恰成制己之谓也。宋徽宗坐视四贼摆布宋江等，俟金兵围城之际，无人御敌矣。东汉末年兴党锢，朝臣几空，天下大乱时谁人能勤王？与此一例，暴力与不公导致暴力与不公。金莲杀武大，武二来杀嫂。冤冤相报，以毒攻毒，报复的链条上没有胜利者。每个人都谋图自己最大的幸福，便消灭了幸福。密于铲异、疏于求贤的机制终自食其果。冯梦龙在《智囊·明智部》尾说："靖康有李纲不用，而用黄潜善、汪伯彦。成淳有汪立信不用，而用贾似道。德祐有文天祥不用，而用陈宜中。然则宋不衰于金，自衰也，不亡于元，自亡也。"可谓来自信史的判断。

或问：英雄主义大匮乏，该崇拜梁山好汉不？答曰：每当秋风思猛士似乎是人之常情。有人说榜样的力量是无穷的。不过，崇拜梁山好汉的时代已经过去了。这种情况在晚清最鼎盛，仿作一大群；晚明也兴旺，都是文人喜谈兵的末世之秋。今天连小孩子也不崇拜梁山好汉了，他们头脑中的英雄多是机器人，或电脑娃娃。社会青年则从港台打斗录像中找膜拜、模仿者。《水浒传》历史性地脱离了民间。这不是《水浒传》的悲哀，而是它的幸运：历史已更新换代了。

问：为何不将《水浒传》切成战例，做历代兵书的注脚？那不才是正格的谋略吗？答曰：个体性与过程性永远是生命之树常青的魔汤。任何伟大的专门著作都不可能终结人类的认识。水浒人自有其亦侠亦智的杂慧，不待合于兵经而传也。用水浒人的血肉厮拼做《三十六计》的注脚，当然可以，配三十八计也有富余，不过，那能提供新知、新思路吗？还不是注经、解经的经学体？何况，如本书讲水浒人如何此处放火彼处杀人，不是比明修栈道、暗度陈仓更醒目？何必胶柱鼓瑟呢？更何况，如招安问题的悲与喜，能用操作性的智慧解释完毕吗？

或问：我这本小书的大遗憾是什么？曰：未能写出黄老之术的精髓与神韵。其实不是未能，简直是没写。而鲁迅有言，懂得了中国的道教，便懂得了中国的大半。吾非不为也，实不能也。不是无能，而是水浒人不典型。宋江固然用着黄老之术，以柔克刚，以弱胜强，但他并不是个无情用忍的流氓。赵佶固然用南面君人之术，但他只是顺着习惯享用君尊臣卑的传统权力，而他本人绝不是个不学有术的奸诈枭雄，而只是个花花公子而已。那些绿林豪侠，便从本质上就是反道家的了，一味地用刚用强，但他们被"赚"了，被用黄老牌智术汁浸透了的海绵给吸干了。

没写出来的才是人生那部大书本身。

据米兰·昆德拉说："人类一思考，上帝就发笑。"

一九九一年秋，于河北师院拐角楼
二〇一三年秋，校订于中国传媒大学